地獄くらやみ花もなき 漆

闇夜に吠える犬

角川文庫
23097

目次

主な登場人物
小野篁（おののたかむら）
気が付くとそこにいる、平安装束に身を包む謎の人物。
遠野青児（とおのせいじ）
皓の助手。他人の罪を一目で見抜くことができる。

西條皓（さいじょうしろし）
悩める人々の相談を受ける、謎の美少年。

紅子（べにこ）
黒硝子のような目をした謎の少女。

凜堂棘（りんどうおどろ）
世間で評判の凄腕探偵。通称「死を招ぶ探偵」。

事件が彼らを誘う（いざなう）のか、彼らが事件を招く（まねく）のか――。

イラスト／アオジマイコ

凛堂荊（りんどういばら）
棘の双子の兄。

不破徹志（ふわてつし）
警視庁捜査一課刑事。

小吹陽太（こぶきようた）
五年前のバラバラ殺人事件の容疑者。

峰羽矢人（みねはやと）
不破徹志の殺害を自供した容疑者。

吾川朋（あがわとも）
自称雑誌記者。

鳥栖二三彦（とすふみひこ）
元警視庁捜査一課刑事。青児とは青い幻燈号の事件で知り合う。

第一怪　犬神・表

この世には、人を妬(ねた)む獣もいるのかもしれない。

*

——なんだこの状況。

そう心の中で呟(つぶや)きながら、ごくり、と青児(せいじ)は唾(つば)をのみこんだ。

視線の先には、書斎のテーブルに鎮座したノートパソコンが一台。液晶モニターに映っているのは、オンライン会議アプリのライブ映像だ。

が、なぜかモニターに映っているのは猫一匹だった。かつて獄舎とよばれた廃病院から篁(たかむら)さんがひきとった黒猫のノア。

どうもモニターの向こうにいる青児が気になって仕方ないらしく、やんのかコラ、やんのかコラ、と猫パンチをくり出している。遊び相手と思われているなら可愛げがあるが、ガラス越しに網戸でジジっている蟬と同一視されている気がしないでもない。

せめて爪ひっこめろ、しとめる気まんまんか。

次会ったら覚えてろよ、お前なんか猫じゃらしでイチコロだからな、と負けじとメンチを切っていると、

〈こらこら、下りなさい〉

モニターに現れた飼い主——篁さんの手で床に下ろされた挙句、尻尾をブンブン振りつつのご退場となった。ふん、他愛もない。

〈失礼しました〉

と咳払いしつつカメラの正面に座った篁さんは、ノーネクタイのジャケット姿だ。

ラフな私服姿でウェブ会議を——と聞いた時は、まさかの面白Tシャツ姿だったらどうしようかと思ったけれど、セミフォーマルでもカジュアルでも、常人離れした着こなしっぷりは相変わらずだった。どこから見てもカタギではない。

撮影場所は、篁さんが一人と一匹暮らしをしている都心の2LDKマンション。シックなグレーで統一されたリビングには、魔王城のごとき存在感でキャットタワーがそびえ立っている。実質、ラスボスの根城だ。

〈急にお呼び立てして申し訳ありません。ただ、皓様から閻魔庁に不服申し立てがあったとのことで、私からご説明する必要があるのではないかと〉

「さて、舌先三寸で丸めこむ——の間違いでないといいんですが」

篁さんに応えたのは皓少年だった。

いつも通り白牡丹を肩にあしらった白装束姿で。けれど、いつになく顔を強ばらせながら——いや、篁さんの前では、もはやいつも通りなのかもしれない。

「いくら考えても、あまりに状況的に不可解ですので。なぜか先の事件とは無関係なはずの僕にまで外出禁止を言い渡されている件も含めて」

ですよね、と頷くより他にない状況だ。

事の起こりは、十月の終わり。

闇魔庁と魔王ぬらりひょんに対する〈不穏なタレコミ〉によって凜堂探偵社の二人がロンドンから呼び戻された。そして不破徹志——かつて〈死を招ぶ探偵〉である棘との連絡係を担っていたという警視庁捜査一課刑事——が殺害される事件が起こったのだ。

それから一ヶ月半。なぜか外出禁止を言い渡された皓少年は、居候兼ペット——もとい助手である青児とヒキコモリ生活中である。

（たぶん身の安全を確保するためってことなんだろうけど）

が、肝心の事件は、すでに解決ずみなのだ。なにせ事件発生の翌日には、テレビや新聞でこぞって報道されていたのだから——被疑者死亡、と。

「さて、順を追ってご説明しましょう。まずは被害者ですが——」

言うが早いか、篁さんによって別ウィンドウに一枚の写真が表示された。警察手帳だろうか。正面を向いたバストアップ写真の下に、階級と氏名が印字されている。

巡査部長——不破徹志。

〈世が世なら、戦国武将か山賊の頭って感じの人かな〉

とは警視庁捜査一課で直属の部下だったという白水青年の言葉だが、まさに精悍という言葉の似合う偉丈夫で、目には射すくめるような迫力があった。ためしに棘と一対一で対峙した図を想像してみると、完全に熊の縄張り争いだ。

(なのに、まさか殺されるなんて)

ふと棘のことが気にかかった。青児の脳内では〈傲慢スカシ野郎〉〈インテリ蛮族〉〈禿げろ〉といったワードで辞書登録されている棘だけれど、かつての相棒の死を前に〈それが何か？〉と無関心をつらぬくとは思えなかった。

できない——のではないか。

「不破徹志、三十二歳。殉職による二階級特進により、最終階級は警部ですね。祖父の代から叩き上げの刑事という警察一家の出身で、所轄時代には署代表として逮捕術の競技会に出場しています。明後日の十二月十八日に、四十九日の法要と共に納骨式が営まれるそうで」

と淀みない口調で言い添えつつ、

「一方、犯人と目される人物は、峰羽矢人、二十七歳。写真中央にいる人物ですね」

篁さんの手で写真が二枚目に切り替わった。

(えーと、写真中央っていうと……うわ、こわ)

河原でバーベキュー中なのか、鉄板の前でポーズをきめたリア充あるある写真だけれど、派手めの女性たちに囲まれて、明らかに一人だけ異彩を放っている。

眼光鋭い三白眼に、脱色されたソフトモヒカン。とどめに首筋に入った狼のタトゥーとくれば、率直な印象としては、ゴツイ、コワイ、ヤバイだ。

（けど、何だろう、どことなく見覚えがある……ような）

が、頭をひねってもそれらしい記憶は浮かばなかった。単なる気のせいだろうか。

「いわゆる半グレで、学生時代にも恐喝、暴行、万引きで補導されていますね。卒業後は主に風俗店従業員として働いていたようですが、転職・転居癖があったようで、そのつど滞納した家賃も未払いのまま、ほとんど夜逃げ同然に引っ越しています」

となると青児と同じバックレ仲間か。

「転居の原因は、いわゆる男女問題ですね。半ば強制的に同棲関係にもつれこみ、日常的に暴力をふるった挙句、交際相手が妊娠、もしくは警察や弁護士にＤＶの相談をした途端に姿を消す——というパターンだったようで」

うむ、似て非なる……というか、むしろ完全に別宇宙の住人だった。

「では、事件の仔細をご説明します。先に警察の捜査資料をお送りしても？」

「ええ、お願いします」

皓少年のスマホが鳴った。篁さんから添付ファイルつきのメールが届いたようだ。

資料によると、事件が発覚したのは一ヶ月半前。

〈園内に、衣服に血痕らしいものを付着させたホームレス風の身なりの男性がいる〉

という通報を受けた制服警官二人が現場に駆けつけ、ベンチに座っていた峰青年に事情聴取を行ったところ、信じがたい供述をしたそうだ——昨夜、ホームセンターで購入したハンマーで自販機荒らしをしている最中、私服警察官らしき男性に声をかけられ、とっさに殴った上、首を絞めて殺してしまった、と。

が、驚いた警察官がパトカーに誘導しようとしたところ、突然パニックに陥ったように錯乱して道路に飛び出し、トラックのタイヤに巻きこまれたそうだ。すぐさま救急車で病院に搬送されたものの、即死に近い状態だったらしい。

事故――なのだろうか？

〈マスコミ報道では事故扱いですが、警察では車に撥ねられるのを狙って路上に飛び出した自殺と見ているようです。薬物の使用も疑われましたが、それらしい痕跡は発見できませんでした〉

もしも篁さんの言う通り自殺だとすると、動機は一体なんなのだろう。

〈怯えているように見えた――というのが目撃者に共通する証言ですね。何かから逃げるようにトラックの前に飛び出して行った、と。いずれにせよ、まともな精神状態でなかったのは確かではないかと〉

その後、付近一帯を捜索した捜査員によって、現場から数十メートル離れた空き家の浴室から、空の浴槽に横たえられた不破刑事の遺体が発見されたそうだ。

それも、いわゆる首無し死体の状態で。

「当時、不破刑事はある強盗殺人事件の捜査中で、連日、管轄署の道場で寝泊まりしていたようです。が、事件当日は半月ぶりに帰宅して駅前の焼き鳥屋で飲んだ後、午後十時頃に退店したのが店内の防犯カメラで確認されています。司法解剖による死亡推定時刻は、午後十時から十一時。現場となった公園はその帰宅ルート上にありますから――」

「つまり、ほろ酔いで公園の前を通りかかった不破刑事が、偶然、自販機荒らしを目撃したことで事件に巻きこまれた、と」

「ええ、そうなりますね。ちなみに解体場所の浴室から採取された血液は、DNA鑑定の結果、不破刑事のものと一致しました。峰羽矢人の所持品からは、犯行に使用したと思しき（おぼ）ハンマーの購入時のレシートが押収されています。解体に使用された包丁は、もともと空き家にあったようで、いずれの凶器からも峰羽矢人の指紋が検出されました」

途中で声をはさんだ皓少年に、すらすらと淀みのない声で篁さんが応える。

（えーと、てことは、峰羽矢人っていう人が犯人ってのは間違いないんだよな）

なにせ本人が〈私が殺しました〉と自供しているわけだから、疑いをはさむ余地はないように思えるのだが――。

「どうもおかしいですね」

そらきた、お約束の流れだ。

「たとえアルコールの入った状態とは言え、逮捕術に精通した警察官が不審者相手に不覚をとる状況そのものが、まずありえないように思います。何より気になるのは――」

硬い声で言った皓少年が、スマホに一枚の写真を表示した。

どうやら篁さんから転送された捜査資料のようだ。拡大された写真には、遺体の右手がアップで写っている。その指先の、爪の隙間に――。

「不破刑事の右手の爪に、黒色の繊維片がつまっていたことです。いわゆる合成皮革で表面に防水加工が施されていました」

「えーと、てことは、犯人のものですか？」

「と考えられます。羽矢人さんの供述通りなら、不破刑事は首を絞められて殺害されたわけですから。頭を殴られて朦朧とした状態で、最後の力をふりしぼって爪でかきむしったんじゃないかと」

　壮絶——としか言いようがない。加えて、きっとこの写真を棘も見たのだと思うと、どうにも胸がつまる。が、今まず考えるべきことは——。

「えっと、黒の合皮で表面に防水加工っていうと……晩秋でしたし、やっぱりジャケットとかコートですかね？」

「ええ、あるいは鞄か手袋か。しかし事件当時、羽矢人さんは上下スウェット姿で、所持品にも合成皮革のものは見当たらなかったんですね。現場周辺にも、それらしい衣服が捨てられた痕跡は発見できませんでした」

　え、と口から息が抜けた。

「じゃ、じゃあ、爪の繊維片は一体どこから？」

「ええ、それに加えて、殺害現場とされる自販機前のスペースからも、争った形跡を発見できなかったんですね。血痕はおろか、失禁の痕跡や靴跡なんかも」

「そ、それって——」

思わず声をもらした青児に、皓少年が顎を引いて頷き返すと、

「羽矢人さんの供述は嘘である可能性が高いと思います。もしかすると不破刑事はどこか別の場所、別の誰かに殺害されて、羽矢人さんはその〈犯人役〉として遺体の解体を命じられたのかもしれません。となると、直後に羽矢人さんが自殺したのも――」

滔々と続く声を遮るように、コホン、と篁さんが咳払いをした。

「という風に、現況ではさまざまな憶測が成り立ちますので、凜堂探偵社に調査を依頼しました。調査が完了するまでの間、くれぐれも軽挙はつつしむようにお願いします」

あらかじめ用意された台詞に聞こえた。しかし声に変化はない。理性的で、余裕に充ちていて――底が読めない。

が。

「なるほど、わかりました」

思いの外あっさり頷いた皓少年が、少しの沈黙の後、低く声を落として、

「ところで篁さんはこちらの事件をご存じですか？　実は〈死を招ぶ探偵〉である棘さんが、捜査一課の不破刑事と初めてタッグを組んだ事件なんだそうですが――」

言いつつ、手中のスマホをノートパソコンのカメラに向けた。

画面に表示されているのは画像データ化された新聞記事のようだ。日付は五年前。見出しには〈公園内でバラバラ死体発見〉とある。控えめに言って厭な予感しかしない。

「今回の事件との間にいくつか共通点がありまして。一つ目は、バラバラにされた被害

者の頭部が未だに見つかっていないこと。二つ目は、犯人と目される人物が犯行を自供した直後に自殺したことです」

──え。

内心ぎょっと目をみはった青児は、慌てて記事に目を通した。

事件の発端は〈公園の植えこみに人体らしきものが埋められている〉という一一〇番通報だった。

現場は、閑静な住宅街の一角に位置する児童公園で、園内に十数羽の鴉が群がっているのを不審に思った通行人に発見されたらしい。遺体の断片が、全部で十一片。いずれもビニール袋につめられて植えこみに埋められ、その多くが地表に露出していた。

その後、所持品にあった鍵から被害者の身元が判明し、公園近くのアパートに住む最上芽生さん──二十代女性・職業不詳──と確認されている。

「死因は、頸部損傷による出血性ショックですね。殺害現場となったアパートの状況から考えて、玄関で襲われた被害者は、まず鋭利な刃物で頸部に傷を負った後、仮死状態で浴室に運びこまれ、そこで頭部を切断されたものと見られています」

アパート内から検出された血液や肉片は、いずれもバラバラ死体とDNA型が一致した。台所で調達したビニール袋を使って遺体を梱包し、複数回にわけて運んだようだ。

「未発見なのは、頭部と手足の指ですね。もっとも指については鴉に袋ごと持ち去られた可能性が高いと考えられているようですが」

なるほど。持ち去られたのが頭部だけとなると、たしかに不破刑事の事件と同じだ。

「えーと、犯人はもう見つかってるんですよね？」

「ええ、小吹陽太（こぶきようた）、当時二十三歳です」

スマホの画面が切り替わった。

表示されたのは二十代男性のバストアップ写真だ。無造作にうねる癖毛を首の後ろで一つ結びにして、不貞腐（ふてくさ）れたように下唇を突き出している。どことなく小狡（こずる）そうというか、小銭を貸すと返ってこないタイプだ。

「父親が大手企業の重役で、もともと大学までエスカレーター式の私立学校に在籍していたようですが、中学時代に恐喝・暴行事件を起こして退学。直後に両親が離婚しています。その後、通信制の美容専門学校に入学したものの、どうも浪費癖があったようで、在学中に複数の金融会社への借金が発覚。夜逃げ同然に家出して以来、行方不明です」

うむ、なんというか、シンプルに自分勝手の極みだ。

「事件当時はホームレスとして路上生活を送っていたようですが、この辺りはどうも曖昧（あいまい）ですね。そして遺体発見から三日後、警察に出頭した陽太さんは、取調初日に犯行を全面自供し、そのままスピード解決するものと思われたんですが――」

その矢先に自殺してしまった――ということか。

「ええ、そうです。はいていたズボンで輪をつくり、格子窓からぶら下がって」

「えっと、その、自殺の原因はなんだったんでしょうか？」

「不明——としか言いようがないですね。遺書の類は発見できなかったんですが、取調官の話では、始終なにかに怯えている様子だったと。警察では拘禁反応による錯乱と見ているようですが——どうにも疑問点の多い事件です」

て、てことは、まさか他にも。

と震え上がった青児の頭に、ぽん、と皓少年が手を置いて、

「二つ目は、犯人とされる陽太さんと被害者の接点が不明な点ですね。男女関係、金銭トラブル、ストーカーなど殺害動機になりえそうな線は一つも浮かび上がりませんでした。通り魔的な、いわゆる行きずりの犯行という見方もできますが」

わしゃわしゃ、と青児の頭を撫でていた手を下ろして、ふと皓少年が顔を上げた。まっすぐ篁さんを見つめると、驚くほど硬い声音で、

「そして三つ目は、被害者となった女性のことです。これについては、篁さんに何か心当たりがあるんじゃないですか？」

ぴくり、と篁さんが反応した——ように見えた。が、ただの錯覚だったかもしれない。薄い笑顔を崩さないまま、けれど申し訳なさそうに首を振ると、

「面目ありません。そちらの事件については、まだ把握できておりませんので」

「——嘘ですね」

切って捨てた皓少年の声は冷ややかだった。

抑揚もなく淡々と。しかし、その奥にある何かを押し隠すように。

「実は、僕が冥官見習いの任について最初にしたことは、閻魔庁の官吏としてのアナタの足跡を辿ることだったんですよ。逆に言えば、だからこそこの殺人事件に辿り着いたんです。記録によると、五年前、凜堂探偵社にこの事件の調査依頼をしたのはアナタですね。調査の進捗報告を受け取っていたのも」

「……やはりご存じでしたか」

一瞬、篁さんの笑みが深くなった気がした。対する皓少年は、今やはっきりと声に怒気を滲ませて、

「そもそも、帰国のきっかけとなった〈不穏なタレコミ〉とは何だったのか、今に至ってもなお明かす気配もないとなると、暗にこう言っているのと同じでしょう——隠し事をしている、と」

真っ向から篁さんを見すえて言い放った。が、篁さんの表情は揺らがない。凪いだような微笑のまま、ただ静かに目を伏せると、

「お答えできません」

それだけだった。

すうっと皓少年の眼差しが冷えこんだのがわかる。が、肝心の篁さんは一向に動じる気配も見せないまま、胸元から取り出した懐中時計をパチンと開くと、

「では、そろそろ退席させて頂きます」

「……対面ではなくウェブ会議にしたのは、そうして逃げるためですか？」

「いいえ。今この状況で、味方以外の誰かが屋敷の中に踏みこむのは、アナタが嫌がるだろうと思ったからですよ。とくに裏切り者である私のことは」

その言葉を最後に、ふっとモニターが暗転した。篁さんが退出したのだ。

息のつまるような沈黙が落ちる。しばらくの間、何かをこらえるように皓少年は下唇を噛んでいた。と、ふっと息を吐き出して、

「子供扱いする人ではないと思っていたんですけどね。よくも悪くも誤魔化さず、対等に接してくれる人だと——結局、僕の思い違いだったわけですが」

かける言葉を探して、結局、見つからなかった。

次会ったらグーパンでどつきましょう、と言いたいのは山々だが、はたしてそれで皓少年の気持ちは楽になるだろうか。が、一か八かと軽く深呼吸したところで、

「失礼します」

厨房に通じるドアから、世話人の紅子さんが現れた。いつもながら虎蝶尾という名の金魚そっくりな、朱と黒の和装メイド姿だ。

「ご報告したいことがありまして。先ほど夕食の買い出しに出たんですが、帰りに水色の軽自動車がトンネルの手前に停まっていて——」

かまわず愛車のローバーミニですれ違おうとしたところ、呼びとめるようにクラクションを鳴らして、中から運転手が出てきたそうだ。話を聞いた限りでは、この屋敷に用のある客人らしい。

「さて、今はこんな状況ですから、お引き取り頂くべきでしょうね」

「いえ、それが――」

珍しく語尾を濁した紅子さんが、すっと視線を横滑りさせて青児でとめた。

「人捜し専門の調査会社の方とのことで。遠野青児という人を捜している、と」

「え」

頭に浮かんだのは更地化した実家のことだった。まさか依頼者は両親なのだろうか。

(考えてみれば、沖縄に引っ越した親からすれば音信不通なのは俺の方なんだよな)

てっきり宝くじで当たった三千万円で、泡盛のボトル片手に島人ライフを満喫中とばかり思っていたけれど、まさか病気や事故なんてことは。

「あの、すみません、俺、ちょっと外で会ってきま――」

「いえ、書斎にお通ししてください。僕も同席します」

「えええっ」

遮るように言った皓少年に、思わず青児は中腰のまま固まってしまった。と、すかさず「かしこまりました」と一礼して紅子さんが退室してしまう。は、早い。

「や、あの、篁さんもああ言ってましたし、今は誰も屋敷の中に入れない方が」

「いえ、むしろこんな時だからこそ、中でお会いした方が安全だと思いますよ。青児さん一人だと、外で何に出くわすかわかりませんし」

死体とか殺人犯とかですね、わかります。

としか言いようがないのがツライところだ。いかんせん前例がありすぎる。

（けど、なんとなく厭な予感がする……ような）

そんな漠然とした胸騒ぎを覚えつつ、待つこと十数分。

「お客様をお連れしました」

紅子さんに連れられて現れたのは、二十代後半の女性だった。いや、ひょっとすると三十代かもしれない。小柄で童顔、人懐っこい印象の垂れ目とショートカットの黒髪が、オーバーサイズ気味のパンツスーツ姿とよく似あっている。

「どうぞおかけくださ――」

「わあ、遠野青児さんですよね？　本物ですか？　あー、よかった、ものすごく捜したんですよ。あ、そうだ、まずはお土産ですね」

し、皓少年の声をさえぎった！

あまりにマイペースなツワモノっぷりに慄く青児をよそに、早速、テーブルに歩み寄った女性は、よいしょ、とビジネスバッグをテーブルに置くと、ごそごそと中を漁って、

「これ、お土産です！　今日はよろしくお願いします！」

「ど、どうもご丁寧に？」

一体なにをよろしくされたのか、戦々恐々と菓子折りを受けとると、ティーワゴンと共に厨房から現れた紅子さんによって、あっという間にお茶の支度が整えられた。

焼きたてアップルパイを前に、「わあ、なんですかこれ！　え、手作りですか、すご

い！」といたく感激したらしい女性が、早速、手にしたフォークでザクザクしつつ、

「あのですね、実はここに辿り着くのに、とんでもなく苦労したんですよ。住民票の本籍地は、神奈川県の実家のまま。行ってみたら更地になってるし、ご近所に聞きこみしても全然で、SNSで高校や大学の知りあいっぽい人に片っ端から声をかけてみても、闇金に追われて自殺したとか、そんな話ばっかりで」

うむ、薄々察してはいたが、完全に猪子石と情報がごちゃまぜになっている。

(けど、なんか……話がおかしくないか？)

今の話では、人捜しの依頼主は青児の両親ではないことになる。

と、怪訝な空気を察したらしい女性が、パン、と神社で拝むように手をあわせて、

「ごめんなさい！　本当は人捜しっていうのは嘘で、取材に協力してもらうために遠野さんを捜してたんです。あ、私、本当はこういう者で」

言うが早いか、ゴソゴソと免許証入れと一体化したタイプの名刺ケースを取り出すと、中の一枚を青児に向かって差し出した。

「しゅ、週刊誌？」

見覚えのあるロゴが印刷された名刺は、青児でも知っている大手写真週刊誌のものだった。携帯電話番号やメールアドレスと一緒に、肩書と氏名が並んでいる。

枝田昌代——記者。

「あのけど、取材って一体な——」

「ところで遠野さんは、事故物件って興味ありますか？」

「じ、じこぶっけん？」

相変わらず食い気味に質問されて、思わず声が裏返ってしまった。と、見かねたらしい皓少年が横から口を開いて、

「いわゆる訳あり物件ですね。そもそも事故物件という呼び方は俗称で、法律上は心理的瑕疵物件になります」

え、えーと、つまり？

「広義には、目と鼻の先に指定暴力団事務所やカルト宗教の施設、墓地なんかが存在する物件も含まれますね。つまり〈住むことに心理的な抵抗がある〉として、買主・入居者の不利益にならないよう、事前に告知する義務を負う不動産物件のことです」

なるほど。となると墓地のど真ん前に位置するこの屋敷も、実は正真正銘の事故物件なわけか。いや、そもそも魔王の御子息が家主という時点で立派な化け物屋敷だが。

「ふふふ。ただ狭義の意味では〈殺人、自殺、火災といった人の死に関わる事件・事故の起きた物件〉という意味になりますね。不慮の事故死や病死、孤独死など、事件性のない人死については線引きが曖昧になりますが」

「えーと、それって……やっぱり〈幽霊が出るから〉ってことですか？」

ぶるっと身震いした青児の頭を皓少年の手がわしわしっと撫でる。うむ、台風に怯える愛犬を生温く見守る飼い主の目だ。

「さて、もともと〈出る、出ない〉という事象自体、科学的に証明しようがありませんから、その辺りは主観に左右されがちですね。幽霊の存在そのものに懐疑的な人にとっては、相場よりも家賃が安価な事故物件は、またとない掘り出し物でしょうし、逆に敏感な人であれば、たとえ人死が起きていなくても〈縁起が悪い〉というだけで忌避する理由になりえます。たとえば殺人犯の住んでいた部屋とか——」

「そう、それ！　それなんです！　私が調査してるのは、まさにそんな事故物件なんですよ！　いえ、正しくは、住んだ人が凶悪殺人犯になるアパートですね」

……なんて？

ぽかんと口を開けてしまった。と、ビジネスバッグからゴソゴソと茶封筒を引っ張り出した枝田さんが、その中からぬきとった何かを、バン、とテーブルに叩きつける。どうやら写真のようだ。

「この場所に見覚えないですか？」

「え……って、あ！」

——ある。

写真は、車内から撮影されたもののようだった。フロントガラスの向こう側——ルームミラーから首吊り死体のようにぶら下がったテディベアのキーホルダー越しに、築四十年は経っていそうな二階建てオンボロアパートが写っている。

いかにも昭和然とした木造モルタル造りで、上下二列に並んだベランダの一階——正面の位置に、洗濯ロープに干されたタオルや作業着が見てとれた。

メゾン犬窪（いぬくぼ）——遡（さかのぼ）ること一年と十一ヶ月前、闇金に追われて夜逃げしたアパートだ。

「え、あの、ここって前に俺が——」

と言いかけたその時、どさっと足元から音がして、

「わわ、すみません！」

と枝田さんから悲鳴が上がった。

どうも不安定にはみ出していた茶封筒が床に落下してしまったらしい。と、散乱した書類の一枚が、ひらっと青児の足元に着地して、

「あ、俺、拾いま——って、んん？」

とっさにかがんで拾い上げると、ひどく見覚えのあるものが目に飛びこんできた。

——賃貸借契約書。

どうやらスマホかデジカメで撮影した書類をＡ４サイズに引きのばして印刷したもののようで、粒子の荒くなった画像からは、かろうじて記入された文字を読みとれる。

建物の名称は、メゾン犬窪。住戸番号は、２０１号室。

そして借主の名は——遠野青児。

「ちょちょっと、これ俺が数年前に書いたヤツじゃないですか！　こんなのどこで！」

「あ、あはは、見ちゃったんですね。あのほら、そこは取材源の秘匿義務ってことで」

無茶を言うな。

と、いつの間にか側にしゃがみこんだ皓少年が、残りの二枚を拾い上げた。どうやら、そちらも賃貸借契約書のようだ。

「なるほど、そういうことですか」

意味深なつぶやきだった。声につられて皓少年の手元を覗きこむと、よく似た書面が目に飛びこんでくる。

建物名は、メゾン犬窪。住戸番号は、２０１号室。つまり同じアパート、同じ部屋の賃貸借契約書だ。が、契約日が年単位で違っている。青児が入居したのは三年前で、あとの二人は――。

「え」

残り二人の入居者名を目にした瞬間、驚きで息が止まった。

――小吹陽太。

――峰羽矢人。

「え、こ、この二人ってまさか」

「あ、その反応だとご存じみたいですね、説明する手間がはぶけて助かります。そうです、二人とも都内で起きたバラバラ殺人事件の犯人なんです」

まさか、という言葉が喉の奥で凍った。

が、同姓同名でさえなければ、確かに小吹陽太は五年前に起こしたバラバラ殺人事件の犯人と目される人物で、峰羽矢人は一ヶ月半前に不破刑事の首を切断したとされる人物だ。まさか二つのバラバラ殺人事件の裏に、こんな接点が隠されていたなんて。

「小吹さんは六年前、峰さんは四年前、メゾン犬窪の２０１号室に入居していますね。青児さんが三年前となると、全員二年足らずで退去しているわけですか」

椅子に座り直して皓少年がそう言った。すかさず枝田さんが声をかぶせて、

「それが、退去じゃなくて失踪（しっそう）だそうです。小吹陽太も、峰羽矢人も、入居から半年足らずで行方をくらましてるんですね。それも家電や家具を２０１号室に残したまま、貴重品や身分証明書の類も置きっ放しで」

ひやっと背筋に冷たいものが走るのを感じた。

もしも自分の意志で失踪したなら貴重品や身分証明書の類は何が何でも持ち出すはずだ。それができなかったとなると——少なくとも、ただの夜逃げではないことになる。

「なるほど、前入居者二人が不可解な失踪をとげたとなると、扱いとしては半事故物件になりますね。事件や事故のような告知義務は発生しませんが、家賃が相場の半額以下なのは、そこに理由があったのかもしれません」

うむ、遺憾ながら初耳だ。

（いやけど、不動産屋で「とにかく安い物件で」って言ったのは俺だし、保証人不要で即日入居可ってなると、ここしかなかったんだよな）

上京当初は大学近くの学生向けアパートを借りていたのだが、漏電による失火とその消火活動で家電一式が水浸しになってしまった上、「建て替えるから出てってくれ」と

クソジジイもといクソ大家さんに追い出され、流れ着いた先がメゾン犬窪だったのだ。

「つまりですね、たった六年間で三人の入居者が失踪して、そのうち二人が凶悪殺人事件の犯人なわけです。こんな偶然ありませんよね？　私は、原因がこのアパートにあるとにらんでます！　住んだら凶悪殺人犯になる部屋！　都内最凶の事故物件！」

そう一息にまくしたてた枝田さんは、興奮のせいか鼻をヒクヒクと動かしている。そして、バン、とテーブルを叩いて身を乗り出すと、

「というわけで遠野さん！　元２０１号室の住人として、ぜひお話を聞かせてください！　いわゆるオカルトネタですから、事件記事として成立するかは微妙ですけど、それでも大手雑誌社に持ちこめば、一世一代の大スクープですよ！」

ぐいっと至近距離まで顔を近づけた枝田さんにそう詰め寄られて、思わず青児は椅子ごと後ろにのけぞってしまった。

「い、いや、その、俺に言われても」

正直、知らんがな、としか言いようがない。

なにせ青児がメゾン犬窪に入居することになった原因はアパート火災で、退去――もとい夜逃げした原因は、猪子石の借金と闇金の取り立てなのだ。つまり前入居者二人とはまったく無関係なことになる。

が、助けを求めて皓少年に目顔でＳＯＳコールを送ったものの、

「すみませんが、紅茶が冷めてしまったので、淹れ直してもらっていいですか？」

「かしこまりました」

我関せずといった様子で、紅子さんとちょっとセレブなやりとりをしていた。

……グレていいだろうか？

と青児がいじけていると、ちょいちょいっと皓少年に上着のすそを引っ張られて、

「なるべく話を引きのばして時間を稼いでください」

小声でそんな耳打ちがあった。

よしきた、合点承知、と皓少年にアイコンタクトを返すと、

「あの、なんでもお答えしますので、いくらでも質問してください」

と枝田さんに向き直った。そして、そんなこんなで早一時間。

「なるほど、つまり闇金に追われて行き倒れ寸前だったところをこのお屋敷に拾ってもらって、住みこみでお仕事を手伝ってるわけですね。ようゥやくわかりました。長々とありがとうございます。お屋敷での暮らしについて、いくつか質問がありますので、なるべく手短に答えてください」

一見、にこやかな表情を崩さない枝田さんも、さすがに苛立ちを隠せないのか、徐々に目つきが殺気立ってきている。発作的に土下座をかましたくなる状況だ。

だけど——なんだろう。

（思ったよりも、枝田さんの様子に余裕がないような）

唇の端がヒクヒクと痙攣しているのが見てとれる。目の下には、化粧では隠しきれな

い隈があった。ひょっとすると以前からストレスの溜まった状態だったのかもしれない。

「では、そろそろ本題に入りますね」

と質問を切り上げた枝田さんが、先ほどの封筒から一枚の書類をひっぱり出した。薄緑色の透かしの入ったA4サイズの用紙だ。

「実は登記簿謄本を取り寄せてみたんです」

「えーと、メゾン犬窪の、ですか？」

「いえ、このお屋敷の、です」

え、と喉の奥で声がつまった。

「前所有者は五百扇カヲリさんで、現所有者の西條皓さんに所有権の移転登記を行ってますね。彼女の周囲で聞きこみをしたところ、面白いことがわかりました。西條さんは悩み相談を請けおう霊能者で、このお屋敷もその謝礼として譲り受けたものだって」

「いや、それは――」

否定――していいのだろうか。そもそも皓少年が〈霊能者〉を名乗ることがあるのは、あくまで便宜上のことで、本業は〈地獄代行業〉だ。

この屋敷を譲り受けた理由も、表向きは謝礼となっているものの、本当は〈地獄堕とし〉で解決した事件にかかわる口止め料のはずなのだが。

「霊能者ってことは、いわゆるイカサマ詐欺師ですよね？　遠野さんのいう仕事の手伝いって、もしかして詐欺の片棒をかつぐことなんでしょうか？」

「そ——」

あまりのことに声を出せなかった。

冗談めかした口ぶりだけど、枝田さんからは、じっとりと観察するような視線を感じる。顔の薄皮一枚をなぜるような、不躾——という以上の不穏さで。

（いや、詐欺って、そんな）

枝田さんの話しぶりでは、自称霊能者の皓少年が、インチキ詐欺によってこの屋敷を騙しとったように聞こえる。

けれど。

「あの、それは勘違いというか、まったくの思いこみで」

むしろ、ほとんど悪意による決めつけだ。が、ところどころに真実が織りこまれているせいで、一見もっともらしく聞こえるからたちが悪い。

一体どこから否定したものか、青児が頭を抱えてうなっていると、

「ところで、遠野さんってアルバイトのバックレ常習者だったんですよね？」

え、と顔を上げると、至近距離から枝田さんと目があった。

「元バイト仲間って人たちから聞いた話だと、一週間、一ヶ月、ひどい時には三日と経たずに突然辞めてますよね。なのに、このお屋敷での仕事が二年も続いてるのは、なにか理由があるんでしょうか？」

探るように枝田さんが訊いた。もう二年——いや、まだ二年なのか。あっと言う間だ

ったようで、気が遠くなるほど長かった気もする。いや、それよりも今は。

「あの、逃げる理由がないというか、むしろここにいる二人に居場所をもらったというか。なので俺にできることがあったら、なにか二人のためにできたらと思――」

「うざ」

一瞬、何を言われたかわからなかった。

殴られたような衝撃に息がつまる。かわりに枝田さんがヒクヒクと片頰を痙攣させつつ、うんざりと息を吐き出して、

「あーあ、すっかり洗脳されちゃって。心底どうでもいいんですよ、そんなのは。本当は逃げられないいんじゃないですか？　たとえば、なにか弱みを握られてるとか、数百万円とか数千万円クラスの借金があるとか」

洗脳――という言葉を吞みこむのに数秒かかった。

借金といえば、三千万円というそこそこ巨額なヤツがあるが、いやけどそれは弱みとかでは全然なくて、そもそもどうしてこんな話に。

「みんな口を揃えて言ってましたよ。あれほど迷惑なヤツはそういないって。遠野さんって、これまで平気で他人に尻拭いさせて生きてきたんですよね？　そんな人が、居場所をもらってどうのこうのって、これまで真面目に生きてきた人たちを馬鹿にしてるって思いません？　なにかとんでもない裏がないと辻褄があいませんよね？」

豹変――としか言いようがない。

枝田さんの顔には、今も薄笑いが浮かんでいる。けれど数分前とは、まるで印象が一変していた。作り笑い、という以上に、攻撃的な悪意を感じる。嘲笑のような。

「つまりアナタは、本当はこのお屋敷で――」

突然、パン、と乾いた音が鳴った。

枝田さんの声を遮るように、皓少年が手を打ち鳴らしたのだ。

「失礼。あまりにも耳障りだったもので」

不自然なほど平坦な声だった。

あえて表情を消したらしい皓少年が、ゆっくりと目をすがめながら、

「さて、横でお話をうかがって、いくつか気になったことがあります。アナタが調べているものは、本当は事故物件じゃありませんね？」

「……どういう意味ですか？」

「住むと凶悪犯罪者になる事故物件――そんなものが実在するとしたら、たとえば霊的な存在に感化されて入居者が殺人者となる物件などが考えられます。なのにアナタが青児さんにした質問はメゾン犬窪から夜逃げした後のことに限られてましたから」

はっと枝田さんが息を呑んだ気配があった。

対して、寂とした居住まいを見せた皓少年が、すうっと息を吸いこんで、

「アナタが調べているのは、三人目の失踪者である青児さんと、この屋敷の所有者であり、霊能者でもある僕のことですね。その話しぶりだと、前の二人の失踪についても、

僕の関与を疑っているように聞こえますが」

「さっすが察しがいいですねえ、話が早くて助かります」

開き直ったようにふてぶてしく枝田さんが笑った。

「小吹陽太も峰羽矢人も、メゾン犬窪に入居している間、家賃の滞納を一度もしていないんです。けれど二人とも、当時は無職に近い状況で、峰羽矢人にいたっては前のアパートの家賃を十ヶ月分滞納した上で、交際相手や知人友人への借金を踏み倒す形で、ほとんど夜逃げ同然に転居してるんですね。事件当時も、どうもホームレスとして路上生活を送っていたようですし」

となると——どういうことだ？

「つまり家賃の肩代わりをする資金提供者がいたんじゃないかと思うんです。二人に金を握らせて、メゾン犬窪の２０１号室に住まわせていた誰かが」

意味ありげに声をひそめて枝田さんが言った。わざとらしい上目遣いで皓少年の顔を覗きこみながら、

「それがアナタだったんじゃないでしょうか。まず例の三人の入居者のような、ろくに身寄りのないワケありの人物を探し出して、あのアパートに住まわせる。そして頃合いをみはからって、このお屋敷に拉致監禁して洗脳するわけです」

一字一句残らず、悪趣味な冗談にしか聞こえなかった。なのに枝田さんの顔からは、これまでの薄笑いが消えている——本気なのだ。

「そして思考力、倫理観を奪われた二人は、命じられるままに事件を起こし、口封じとして自殺させられたわけです。被害者の首が切断されていた理由も、宗教的な意味づけと考えれば納得できます。いわゆる儀式殺人ですね。そして今は、三人目のバラバラ殺人事件の被害者を探している最中なんじゃないでしょうか。その時には三人目の失踪者である遠野さんを犯人に仕立て上げるつもりで――」

その瞬間、体中の血が一気に引いたのがわかった。頭の奥がしびれて、直後に沸騰するように熱くなる。数秒経ってその原因に気がついた。

――怒りだ。

「いい、ゲホ、いい加減にしてください！　それだけは絶対ないですから！　本当に絶対！　だ、だいたい、ぜんぶ枝田さんの思いこみで――」

勢いで尻を浮かせ、テーブルの縁をつかんで青児は声を張り上げた。なれない怒声でうっかりむせそうになりながらも、それでもなお言いつのろうとした時だった。

「失礼します。お茶のおかわりをお持ちしました」

涼やかな声がして紅子さんが現れた。颯爽とテーブルにティーワゴンを横づけにすると、仄かに湯気をたてるティーカップを置きつつ、なにやら皓少年に耳打ちして、

「どうぞ青児さんも」

「あ、ありがとうございます」

ほとんど条件反射で頭を下げてから「あれ？」と思った。

（皓さんがお茶のおかわりをお願いしたのって、俺が枝田さんと話し始める前だから、たしか一時間以上前だった気が）

紅子さんに限って〈うっかり忘れてました〉なんてことはありえないと思うけれど。

とティーワゴンを押した紅子さんが、今度は枝田さんに向かって、

「よろしければ、お客さまもどうぞ」

「……そこ置いといてください」

「では、失礼します」

白い手がテーブルにのばされる。

が、紅子さんの手にあったのは紅茶のティーカップではなく一台のスマホだった。背面のフラッシュライトをオンにすると、その光線をテーブル上のビジネスバッグに向かって照射する。

「ちょ、何するんですか！」

我に返ったらしい枝田さんから抗議の声が上がった。

その直後に。

「……あれ？」

光線を浴びた何かがキラッと反射したのが見えた。目を凝らしてよく見ると、合皮のビジネスバッグに小さな穴があいていて、中から小型のレンズが覗いている。

——隠しカメラだ。

「盗撮用の小型カメラですね。先ほど青児さんに渡した手土産の菓子折りも、テーブルにビジネスバッグを置くための口実として、わざわざ用意されたものじゃないかと思います。中から菓子折りを取り出す際に、レンズの向きを調節することもできますから」

紅子さんから受けとった紅茶を一口呑んで皓少年がそう言った。白々しいほど邪気のない笑みで「さらに」と続けて、

「スーツのサイズがあっていないのも胸ポケットにボイスレコーダーをしのばせているせいでしょうね。たとえ取材目的でも、無断での録画・録音は報道倫理に違反します。が、何より問題なのは、名刺が偽造ということじゃないかと思いますよ、吾川朋さん」

え、と不意を突かれたように枝田さんが瞬きをした。

対して皓少年は、まるで手品師が空中からトランプを取り出すように、先ほどの名刺をかかげてみせると、

「初めに疑ったきっかけはアナタの失言です。〈大手雑誌社に持ちこめば、一世一代の大スクープ〉なんて言葉は、大手雑誌社づとめの人間が口にするには不自然すぎますから。だからおそらく名刺は偽造で〈枝田昌代〉という名も偽名だろうと思ったんです」

な、なるほど。となると、先ほど皓少年の口にした〈吾川朋〉が本名なわけか。

「あのけど、一体どうやって本名を？」

思わず横から青児が訊ねると、

「ふふ、偽造の名刺をしまうのに免許証入れと兼用の名刺ケースを使うのは、さすがに

迂闊すぎますね。正面にいた僕ら二人には見えないと思って油断したんでしょうけど、背後まで気が回らなかったようで」

となると。

つまりあの時、枝田さん——ではなく吾川さんの背後には紅子さんがいて、免許証を盗み見したのか。まさに壁に耳あり、障子に目あり、そして背後に紅子さんありだ。

「おそらくアナタは、隠し撮りした音声と映像を手土産に〈疑惑の霊能者〉である僕の記事を雑誌社に売りこむつもりだったんでしょう。だからこそ、万が一訴えられる可能性を考えて、偽物の名刺を渡したんでしょうね。念のため名刺の雑誌社に電話で確認したところ〈枝田昌代〉及び〈吾川朋〉という記者は在籍していないということでした」

一体いつそんな電話を、と首をひねったところで、

「——あ！」

脳裏に浮かんだのは、先ほど目にした皓少年と紅子さんのやりとりだった。

〈紅茶が冷めてしまったので、淹れ直してもらっていいですか？〉

〈かしこまりました〉

まさかあの時、吾川さんの名刺をソーサーの下に隠して、紅子さんに託したのだろうか。お茶のおかわりを淹れるのに一時間以上かかった理由も、本当は厨房から電話していたのだとしたら納得できる。

「企業のシンボルであるロゴを無断で印刷することは、私印偽造罪に当たります。つま

り明らかな違法取材ですね。先方の見解では、もしも社名を騙って違法取材を行う人物がいた場合、リスクヘッジの一環として法的措置も辞さないそうです。もしも僕が〈証拠〉としてこの名刺を先方に差し出せば、いずれ免許証の住所に顧問弁護士からの通知書が届くことになるでしょうね」

はっと吾川さんが息を呑んだ。何か言おうとして——何も言えないまま、ヒクヒクと唇の端を震わせる。それを見た皓少年が、ことん、と首を横に倒して、

「ただ、僕としては一度だけ見逃そうかと思っています。もっとも、今ここで隠し撮りした映像とICレコーダーのデータを消去してもらえれば、の話ですけど」

吾川さんが、そっと唇を噛んだのがわかった。返事のかわりに苛立たしげな溜息を吐くと、胸ポケットから棒状の何かを取りだす。ICレコーダーだ。

コトン、と音をたててテーブルに置かれたそれを、すっと紅子さんがつかみ上げた。

「失礼します」

言うや否や、ICレコーダーの録音ボタンをオフにすると、迷いのない動作でボタン操作を続けていく。どうやら中のデータを消去しているようだ。

次はビジネスバッグに仕掛けられたハンディカムだった。液晶画面には、録画中を示す赤い丸が表示されている。その画面を操作して中のデータが消去された。

「では、どうぞお帰りください」

最後のとどめを刺すように皓少年が言った時だった。

きっと眦を釣り上げた吾川さんが、挑むように皓少年を見る。そして痙攣する唇の端を引き上げると、声に精一杯の虚勢を滲ませて、

「あーあ、脅されちゃった。けど、このまま知らぬ存ぜぬで逃げきれると思わないでくださいね。必ず化けの皮ひっぺがしてやりますから」

言い捨てて立ち上がる。

そのまま足早に退室しようとした、その時。

「一犬影に吠ゆれば百犬声に吠ゆ、ですね」

背中に投げかけられた声に、吾川さんが足を止めた。

皓少年だ。

「一匹の犬が何かの影に向かって吠えれば、百匹の犬もつられて吠える。転じて一人が嘘八百を口にすれば、それを耳にした世間の人々も、まるで事実のように噂を広めるという諺です。アナタのやっていることは、裏付取材でもジャーナリズムでもありません。ありもしない影に向かって吠えたてる駄犬の所業ですよ。実はアナタ自身も、とっくにご存じなんじゃないですか?」

直後、くるりと振り向いた吾川さんの顔は、まるで別人のように見えた。いや、人ですらない獣のように。怒りの形相で鼻に皺を寄せ、咬みつくような目で皓少年を睨みながら。

そして獣が一声、吠えるように。

「――犬に喰われて死んじまえ」

＊

吾川さんが退室したのを見はからって、青児はつめていた息を吐き出した。気づかないうちにほとんど呼吸を止めていたようだ。

（けど正直、なにがなんだかわからないっていうか）

考えれば考えるほど疑問がふえて、漠然とした不安が胸に広がっていくのを感じる。

吾川さんの主張している〈皓少年＝悪の霊能者説〉はさておき、バラバラ殺人事件の犯人二人が揃ってメゾン犬窪２０１号室の住人だった件は、一体どう受けとめるべきなのだろうか。ただの偶然――で片づけていい話ではないとは思うけれど。

「さて、吾川さんの言うことも、あながち間違いじゃないかもしれませんね」

「い？」

「ふふ、僕が二つの事件の黒幕という珍説はさておき、やはり気になるのは前入居者二人の失踪時に貴重品や身分証の類が置きっ放しだった点です。もしも彼らの失踪が自らの意志によるものではないとすれば、当然、何者かの関与が疑われることになります」

「あの、それって、つまり――」

ごくり、と唾を呑みこむ。自然と脈拍が速まるのがわかった。

「誘拐とか連れ去りとか、そういうことが本当にあったってことですか？」

「ええ、その可能性もあるんじゃないかと」

「いやけど、ある日突然アパートから人が消えたりしたら事件に――」

言いかけた声が、半ばで途切れてしまった。

ならなかったからだ。

一人目は小吹陽太。二人目は峰羽矢人。そして三人目は遠野青児。たった六年で三人の人間が行方をくらましたのに、捜し出そうとする人は誰一人現れなかったのだから。

「行方不明者届を出せるのは、原則、親族を始めとした社会的に密接な関係のある人物に限られますからね。たとえ入居者が失踪したとしても、親類縁者に連絡がつかなければ事件として成立しないんですよ。メゾン犬窪のように、保証人不要、職業不問、敷金礼金ゼロといった極端に入居条件のゆるい賃貸物件の場合、いわゆるワケありの入居者が集まりやすくなりますし」

そう、その一人が青児なのだ。前入居者二人と同じ、いなくなっても誰も気にとめない人間として。

と、しばし物思いに沈んだ青児の背中を、ぽん、ぽん、と皓少年の手が叩いて、

「ところで、さっき青児さんが珍しく本気で怒ってましたね」

「え、あ、なんてこと言い出すんだこの人って感じで、さすがに腹が立ったというか」

「ふふ、その前に青児さん自身を悪く言われたことについてはどう思いました？」

「え」

思いがけない質問に驚いて、しばらく返事ができなかった。

〈みんな口を揃えて言ってましたよ。あれほど迷惑なヤツはそういないって。遠野さんって、これまで平気で他人に尻拭いさせて生きてきたんですよね？〉

ああ、そうか——あの言葉か。

「え、いや、そっちは……言われたこと自体は、もっともだと思うので」

胸に痛みを覚えるのは、結局、それが図星だからだ。

青児にとっての悪は、つねに物理的に存在しているものだった。姿が化け物に変われば、悪人。人の姿のままならば、それ以外。

ようは善悪の判断を視覚に頼ってきたわけで、何が善いことで何が悪いことか、自分の頭できちんと考えたこともなかったのだ。

（だから何度バイトをバックレても、それほど罪悪感がなかったんだよな）

なんと言っても化け物の姿に変わったわけではないのだし、物を盗んだわけでも人を殺したわけでもないのだから、そこまで罪悪感を覚える必要はないだろう、と。

どれほど否定してみせたところで、心の奥にこういう感情があったのはまぎれもない事実だ。鏡に映った自分が人の姿をしていることが、青児自身にとって〈悪人ではないこと〉の証明だったのだから。

「なので、面と向かって言ってもらえてよかったと思います。ただ、それでバックレ癖が直せるかっていうと、まだ自信がないんですけど」

思ったことをそのまま言うと、どこか物言いたげにも見える目で十秒ぐらい皓少年に見つめられてしまった。と、ふっと気の抜けたように笑うと、

「青児さんは、本当に青児さんですねえ」

言いながら、よしよし、と青児の頭を撫でた。うむ、お約束の流れだ。

「けれど、僕としては――」

と皓少年が言いかけたその時、電話が鳴った。尻ポケットのスマホの呼び出し音だ。

「す、すみません、今切ります」

あたふたと言いながら、引き抜いたスマホをマナーモードに切りかえようとして、ふと手が止まった。予想外の発信者名が目に飛びこんできたからだ。

――鳥栖二三彦。

(え、ちょ、な、なんで稽古日でもないのに鳥栖さんから)

青い幻燈号で出会った乗客の一人で、事件後にも付き合いのある相手だ。具体的には、元警視庁捜査一課刑事として護身術の稽古をつけてもらっているわけだが――。

「ちょ、ちょっと廊下でとってきます!」

とっさに椅子から立ち上がって、ばたばたとスマホ片手に廊下へ走り出る。

(い、一体、何があったんだ?)

鳥栖青年といえば、どれほど暇な時でも、青児からの電話は呼び出し音の途中で留守

電に切り替えるのが基本という生粋の電話ぎら――いや人間嫌いだ。

（いや、もしかすると俺にだけそんな塩対応なのかもしれないけど）

そんな鳥栖青年からの一報となると、よほどの緊急事態か――もしくは一ヶ月半におよぶ外出禁止で、護身術の稽古をキャンセルしまくったことに激怒しているかだ。

「あ、もしもし、すみません！　稽古をサボってるわけじゃなくてですね！　ちょっと今、取りこみ中というか――」

バイト先への欠勤連絡よろしく、誰もいない空間にペコペコ頭を下げつつそう切り出した。すると電話の向こうからは、「いや、別にそれはいいよ」という実にあっさりした一言の後、珍しく何かを言い淀むような沈黙があって、

〈ちょっと変なこと訊くんだけど〉

という前置きの後に聞こえてきたのは、耳を疑うような言葉だった。あまりに予想外で、同時にあまりに予定調和めいているような。

――不破徹志って知ってる？　と。

＊

夢を見た。
圧迫面接で心が折れる前の――漏電による火事で焼け出されたアパートからメゾン犬

窪の201号室に移り住んで、まだかろうじて就活生をしていた頃の夢だ。

夢の中でふっと目が覚めて瞼を開けると、天井に二本並んだ蛍光灯がチカチカと明滅していた。なんとなく死にかけの蟬を連想する。ぼおっと見上げていると、ピキン、という音を最後に真っ暗になった。

死んだな、と思う。

ごろん、と寝返りを打とうとしたところで、面接先から帰宅して寝落ちしてしまったことに気がついた。ヤバイ、とはね起きる。同時にカーテンレールからぶら下がったスーツの上下が目にとまって、ほっと脱力した。どうやら最後の力をふりしぼってハンガーにかけたところで力つきたらしい。

(またすぐ面接だもんな)

ごろん、と寝返りを打って溜息をつく。手探りでスマホを引き寄せると、午前二時だった。発光する画面が目に沁みる。

控えめに言って今日——いやもう昨日の面接はさんざんだった。というか、何を言ったかさっぱり覚えていない。

よりにもよって前日に深夜番のシフトを入れてしまったせいで、睡眠不足、注意力散漫、顔面ゾンビの状態で面接に挑むはめになってしまった。他の就活生たちはスケジュール管理能力というものをどこで手に入れたのだろうか。デパ地下か。

(本当はシフトを減らすか、単発バイトに切り替えるべきなんだろうけど)

できないのは懐具合が寒々しいせいだ。学費は実家負担とはいえ、火事による引っ越し、消火活動で水浸しになった家電の買い替え、とどめにスーツ代を始めとした就活費用……と通帳の残高が目減りするにつれ、理性と神経がすり減っていくのがわかる。

真っ暗闇の中、板張りの台所に踏みこむと、流し台の端に転がった煙草の箱を引き寄せた。一本くわえてガスコンロで火をつける。

すうっと意識の薄れる感覚があって、そうしてニコチンが肺に沁みわたる瞬間だけ、自分自身から逃げられる気がした。ただの錯覚だとはわかっているけれど。

結局のところ、ほとんどが自業自得だ。火事――は不可抗力にしろ、ろくに就活費用を貯められなかったのも、今なお煙草をやめられずにいるのも。

けれど、と思う。

(どれだけ苦しかったら、苦しがってもいいか、なんて)

目の前の苦しさ、つらさから、顔をうつむけて、目をそらして、背中を向けて、それでも息をすればするだけ息苦しいままだ。

(――あれ？　今)

音がした。誰かがアパートの外階段を上っている。

台所の小窓に目を向けると、流し台の上部に位置する窓からは、格子状の網入りガラス越しに、ぼんやりと街路灯の光が差しこんでいた。

やがて通路を歩く足音がして――光が翳(かげ)った。誰かが窓の前に差しかかったのだ。

（うっかり目があってコンバンハすると気まずいよな）

慌てて窓から顔をそむけ、流し台に腰を預けるように背を向ける。数秒経って、あれ、と気づいた。

しん、と息のつまるような静寂が辺りを押し包んでいる。

足音が止んでいた。外廊下を歩いている誰かが立ち止まったのだ。たんにスマホか何かをいじるために足を止めただけかもしれないけれど。

（もしも）

ふと厭な想像が脳裏をよぎった。もしも立ち止まった誰かが、この部屋の中を覗きこんでいるとしたら——。

（いやいや、そんなわけ）

そう心の中で否定しつつ、なんの気なしに振り向いた時だった。

呼吸が止まった。

誰か、ではなかった。人ですらない。

——犬だ。

先の黒々とした尖った鼻に、どこか虚ろにも見える目で。白っぽい着物をまとった犬の化け物が、数十センチの距離からじっと青児を見つめていたのだ。

「——っ！」

声にならない悲鳴を上げて、弾かれたように窓から離れた。が、もう一度、流し台を振り向いた時には、すでに誰の姿もなくなっている。

誰一人——化け物一匹として。

(まさか幻覚じゃないよな)

息を殺して辺りの様子をうかがう。うるさいほど聞こえる自分の血流の音にまじって、ガチャガチャ、とよそのドアに鍵を差しこむ音がした。

そして、また——足音。誰かが階段を上ってきている。

(来るな)

ほとんど息を止めたまま、畳の上で凍りつく。

と、足音が201号室の前で止まった。ガチャガチャ、とドアに鍵を差しこむ音。次の瞬間、信じられないことが起こった。

カチン、とシリンダーが回転して、目の前で201号室のドアが解錠されたのだ。

そして鈍い軋み(きし)とともに開いたドアから、ぎょろっと一対の目が覗いた瞬間、青児は自分が逃げ場を失ったことを知った。


——喰(く)い殺される。


はっと目を覚ますと、地下鉄駅のホームだった。

発車メロディ、ざわめき、足音、反対側のホームに列車の到着を告げるアナウンス。

意識が覚醒したのと同時に、ビクン、と体がはねたせいか、ちょうど目の前を横切ろうとしていたサラリーマン風の男性に「うおっ」と悲鳴を上げさせてしまった。

「す、すみません」

お騒がせしました、と頭を下げて、すごすごとベンチに座り直すと、寒気でぶるっと背筋が震えた。いつの間にか全身に厭な汗をかいている。どうやら駅に早く着きすぎてホームのベンチで時間を潰しているうちに意識が飛んでしまったらしい。

(ただの夢――だよな?)

いや、ひょっとすると記憶かもしれない。けれど、どこからが夢で、どこまでが記憶なのか、その線引きが怪しかった。

なんにせよ、思い出したくもない出来事なのはたしかだ。〈犬神〉という妖怪によく似た犬の化け物や、就活中に感じた八方塞がりの息苦しさもふくめて。

「……しんど」

ぽつりと呟くと鼻声になった。体が冷えているせいか、鼻がつまりがちになっている。ズズ、と鼻水をすすり上げると、出し抜けに目の奥が痛くなって、じわりと視界がぼやけそうになるのを、きつく奥歯を食いしばってこらえた。

――そんな場合ではないからだ。

(これから鳥栖さんと駅の改札で落ちあって、メゾン犬窪の調査に行かないと)

待ち合わせの日時は、十二月十八日の午後三時。

不破刑事の納骨式が行われる今日、その死の真相を探る一環として、メゾン犬窪の201号室を調べる鳥栖青年に、元住人の案内役として同行する約束なのだ。

（まさか鳥栖さんが不破さんと顔見知りだなんて）

いや、考えてみれば二人とも警視庁捜査一課の刑事である上に、同い年の三十二歳とくれば、面識がない方がおかしいのだろう。

鳥栖青年もまた、一連の事件報道を目にして皓少年と同じ〈違和感〉を抱いたそうだ。が、調査に乗り出そうにも、かつて青い幻燈号の乗客だった鳥栖青年は、反魂の秘術によって骨からよみがえった死者であり、加えて〈本名を呼ばれると水となって消えてしまう〉という制約がある以上、古巣の捜査一課に接触を図るわけにもいかず、八方塞がりになっていたらしい。

そこで最後の手段として凜堂探偵社の名刺にあったメールアドレスに連絡したところ、なんと棘から返信があって、

〈今後の連絡はあの二人に〉

と末尾で青児と皓少年の二人を名指ししてあったそうだ。

おそらくたかが人間風情と連絡を取りあうのが面倒で青児たちに押しつけたのだろうが、ふだんの対人コミュニケーションのゴミクズっぷりを考えれば、棘としては最大限の譲歩なのかもしれない。

その結果が一昨日の電話だ。吾川さんから仕入れた情報を鳥栖青年に伝えると、早速、

現地調査してみようという話になって——そして現在に至る。

(まあ、俺が同行したって、なにが変わるわけでもないんだろうけど)

青児にできることといえば、妖怪の姿に変わった人物を見かけ次第、同行者として鳥栖青年に警告するぐらいだ。

(けれど、いないよりマシかもしれないし)

何より、もしもここで青児が足を運ばなければ、きっと紅子さんがメゾン犬窪の調査に向かうことになるのだ。が、万が一にも皓少年に危険がおよぶ可能性を考えれば、紅子さんには護衛役として皓少年の側にいて欲しい。

(どうかなにも悪いことが起こりませんように)

心から思う。たとえ今は祈ることしかできなくても。

「……なるほど、こんなところにいたわけだ」

急に声が降ってきた。

え、と目をしばたたいて顔を上げると鳥栖青年がいた。動きやすさを意識したのか、黒いジャケットパーカーと紺のジーンズという服装は、正直、高校生にしか見えない。

それはさておき、たしか鳥栖青年は別の路線だったような。

「ここまで待ちあわせ相手に遅刻されると、生死を確認する必要が出てきてね」

……ん？

嫌な予感がして恐る恐るスマホの画面を確認すると、不在着信の通知が並んでいた。

五分前、十分前、三十分前――。

現在時刻は、午後三時四十五分。大遅刻だ。

「す、すみません、俺、全然気づかなくて。あの、お詫びになんかおごらせてもらえると――あだ！」

泡をくった青児があたふたと立ち上がろうとしたその時、鳥栖青年の手から落下した何かが、どすっと太腿に直撃した。５００㎖のペットボトルコーヒーだ。

と「ああそう」とそっけなく頷いた鳥栖青年が、ふーっと息を吐き出して、

「この辺りに、安くて、早くて、そこそこ旨いラーメン屋ってあるかな？」

合点承知、と頷いて、つつしんでラーメンをおごらせていただく運びとなった。

＊

犬神にまつわる夢を見て、ひとつ思い出した記憶がある。

いつも通りの書斎で。定位置の椅子に。そして皓少年のオススメ妖怪文献を紐とくこと一時間半。正直にいえば、そろそろ休憩という名の居眠りをきめたい頃だけれど、

「せめてあと三十分、いや十五分」と頰を叩いて気合いを入れ直し、それでもめくってもめくっても終わらないページの隙間に意識が吸いこまれそうになったところで、

「ふふ、お疲れですね」

がばっとはね起きた時には、わしゃわしゃっと頭を撫でられた後だった。ふ、不覚。

「前フリなしのノーモーションで頭を撫でるのは、さすがに通り魔っぽいような」

「ふふふ、イメージ的には辻斬りですね」

ま、まさかの自覚がおありのようで。

「すみません、青児さんが勉強してる姿を見るとつい。よかったら紅子さんにお茶を出してもらいましょうか、お茶菓子つきで」

「……ときどき皓さんって、孫にはとりあえずなんか飲み食いさせとけば大丈夫って感じのオジイサンオバアサンと同タイプに思える時があるんですが」

「ふふ、気のせいですよ」

左様で。

そして当社比一・五割増しの笑顔になった皓少年が、これまた定位置となっているクイーン・アン様式の椅子を引いた。

と、皓少年の視線が手元のページに落ちて、

「おや、犬神ですか」

〈百怪図巻〉——犬神。

一言でいえば、法衣姿をした犬の化け物だ。尖った鼻に皺を寄せ、めくれ上がった唇から獰猛な牙を覗かせた顔はなんとも言えない迫力がある。

「ええと、なんだか見覚えがある気がするんですけど、同時にコレジャナイ感もすると

いうか、そもそも格好からして違う気がして」

「さて、まずはくわしい話を聞かせてもらってもいいですか？」

「え、あ、すみません」

記憶の隅にひっかかっている白っぽい着物をまとった犬の化け物について、あたふたと青児が説明すると、合点がいったように頷いた皓少年が、ふふっと含み笑いをして、

「なるほど、たしかにそれは犬神であって犬神じゃないですねえ。〈化け物づくし〉を紐といてみると、青児さんにも答えがわかるかと思います……さて、よかったら僕から〈犬神〉について少しレクチャーしましょうか？」

「あ、はい、ぜひお願いします！」

よし、これで居眠り分を差っ引いてもお釣りがくる。

そう思った青児が、ピシリと背筋をのばして静聴の姿勢をとると、なにかがツボにはまったらしい皓少年がブッと小さく噴き出した。これもまたお約束だ。

「犬神は、いわゆる憑き物の一種ですね。人に憑くと信じられている動物には色々な種類がありますが、最も広く知られているのが狐。その次が犬神じゃないかと思います」

「なるほど、犬と人間ってつきあい長そうですもんね」

「ええ、そうですね。日本人の祖先は、それこそ縄文時代の早期から狩猟のための猟犬を飼い慣らしてきたとされています。となると、ほぼ一万年前からのつきあいですね」

ま、まさかの万年越えだった。

「昔は、生まれた子供の初宮参りの時、額に墨や紅で犬の字を書く風習があったんですよ。犬の字は、もともと×字の変化した借り字とされますから、つまり魔物を近寄らせないための魔除けの印なんですね」

「それでこの犬神も見た目が神々しいというか、お坊さんっぽい感じなんですね」

「ふふふ、伝承上の犬神は犬の霊とされますね。しかし、実際に人に憑いて害をなすとされる犬神は、実在の犬とはかけ離れた姿をしてるんですよ」

おもむろに立ち上がった皓少年が、本棚から一冊の本を引き抜いた。

開いたページには〈石見外記〉という書名とともに〈犬神の図〉が載っている。が、これはどこから見ても……それこそ尖った鼻先から、にょろっとのびた尻尾の先まで。

「……鼠では？」

「ふふ。ええ、そうです。実在する動物でいうと犬より鼠に近いんですね」

はて、犬神なのに鼠とは。

「犬間、犬吠など、犬の字のつく地名は各地にありますが、〈小さい、狭い〉という意味合いで〈犬〉が用いられることがあるんですね。犬神という言葉は、つまり〈小さな神〉と〈犬の神〉という両義的な意味を含んだものと考えられます」

な、なるほど。

が、たとえ手の平サイズとはいえ、神の字がついた存在なのはたしかなわけで、一見、ご利益っぽいものがありそうだけれども。

「あの、本を読んだ感じ、憑かれた人の症状を見ると、犬みたいに四つん這いになって這い回ったり、うわごとを口走ったり、けっこう大変ですよね」

「そうですね。犬神を〈飼っている〉とされる家筋の人は、望むと望まざるとに拘わらず、犬神を憑かせて相手を病気にしたり、怪我をさせたりするとされます。つまり憑かせた側が加害者に、憑かれた側が被害者になるわけですね」

うむ、しかも厄介なことに、まさに〈望むと望まざるとに拘わらず〉だ。

どうも犬神というのは、わざわざ主人が命令しなくても、怨みや妬みといった感情を察知して勝手に相手に取り憑くようで、となると生まれつき起爆スイッチの壊れたダイナマイトを抱えているようなもので、もしも自分だったらと思うと気が気ではない。

「とはいえ、すべては迷信、言ってしまえば中傷ですね。ではなぜ近代まで犬神という憑き物信仰が存続したかというと、日本が稲作を中心とした農耕社会だからです。つまり〈座敷童子〉と同じで〈犬神〉にも共同体を維持する機能があったんですよ」

「へ？」

いやいや、そんな。

「いや、だって犬神に憑かれたって人が出たら、それが本当かどうかは別として、村の中で被害者と加害者が出るんですよね？　空気がギスるどころの話じゃない気が――」

「そう、それこそが目的なんですよ。犬神筋とされる家は、たいてい村の中でも屈指の財産家とされます。それも新興の成功者――悪く言えば成り上がり者なんですね」

なるほど、座敷童子が居着くのが代々続く村の旧家なのと、ちょうど真逆か。

「共同体としての和を保つことが何よりも重要な稲作社会では、人並み外れた富をえること――そこから生じる反感や妬みは、集落内部の連帯性を弱める〈悪〉になりえます。だからこそ禍の源である存在に〈犬神筋〉というレッテルをはることで危険視し、隔離の対象とするんですね」

――歪だ。

となると〈犬神に憑かれた〉被害者は、一見、犬神筋の人々から攻撃を受けているようでいて、同時に加害者として犬神筋の人々を攻撃していることになる。

「出る杭は打たれるっていうか……なんだかその、ヤな感じですね」

思ったそのままを呟くと、ふふ、と皓少年が笑って、

「そう、ヤな感じなんです。そして犬神の作用は憑かれる側にもおよびます。犬神に憑かれることを避けるには、他人から妬まれないこと、恨みを買わないことが重要ですから。富をえる、子宝に恵まれる、土地持ちになる、それ自体は善としか呼べない事柄でも人間関係の軋轢になりえる以上、相応のふるまいが求められるわけです」

「……妬み、ですか」

さて、どうだろう。もともと妬まれるようなものを何一つ持っていないのもあるけれど、誰かを妬むというのもあまり経験がない気がする。

「さて、妬みという感情は、幸せから生まれるとは限りません。むしろ不幸から生まれ

ることの方が多いんですね。病気にかかる、受験に失敗する、仕事をクビになる、結婚生活に失敗する、交通事故に遭う――人生の不幸は誰にでもあります。けれど、原因のない不幸をただ受け入れるのは、人には難しいんですよ。どうしてこの不幸は自分のもので、あの人のものじゃないのか。ただそれだけで、そこに妬みが生じるわけです」

ふと背筋が寒くなるのを感じた。

それでは――人が人でいる限り、どうしようもないことになる。

「そう、妬みとは人の心に棲む獣です。けれど同時に、人を人たらしめている心性の一つとも言えますね。けれど――」

一瞬、間があいた。

まっすぐ青児を見つめた皓少年が、すっと目を細めて、

「ただ、青児さんの中に犬神はいないでしょうねえ」

予想外の言葉に「え」と小さく声が出た。いやそんな、と否定するよりも先に、よしよし、と皓少年の手が青児の頭を撫でて、

「前にも言ったことがありますが、自分の不幸を他人のせいにしないのは、青児さんの長所だと思っています。ただ、他人に不幸を押しつけられても怨みや憎しみの気持ちを抱かないのは、それはそれでまた別の問題なんですね」

ふっと皓少年の顔から力が抜けた。

どこか困ったような表情で。白牡丹のほころぶような、というよりも、ただ友だちの

心配をする少年のような、そんな顔で。

「これは僕の我儘ですが、いつか自分のために怒れるようになるといいですね」

ぽつり、と雨だれのように声が落ちて。それを受けとめた青児は、頷くこともできないまま、ただ胸に温かなものが広がるのを感じた。

忘れたくないな、と思う。たとえ、この瞬間が、ただの日常の一片にすぎなくても。

いつも通りに向かいあって。いつも通り二人一緒にいて。

それを日常と呼ぶことのできる日々を。

＊

さて、なにはともあれラーメンだ。

駅前のラーメン屋にて。らっしゃせえ、という声をBGMに券売機に並ぶと、内心予想外の遅刻でテンパっていたせいか、なぜか自分の分までチャーシューネギ増しで味玉までトッピングした挙句、餃子二人前まで追加してしまった。小金持ちムーブか。

（いや、けど、もともと今日は外で食べて帰る予定だったんだし）

よし、少し早めだけれど、これを夕食にしよう。そう心に決めて鳥栖青年とカウンター席の一角に陣どった。

「鳥栖さんって塩ラーメン似合いますよね」

「……悪口かな？」

め、滅相もない。

ブンブン青児が首を横にふって否定していると、

「はい、お待ちどおさまです。お熱いのでお気をつけて」

もわっと湯気の立ちのぼる丼が二つ、並んで置かれた。早速、そなえつけの割り箸をケースから出して「いただきます」と手をあわせる。

「うまっ」

青葱と油膜の浮いた熱々のスープから、むっちりした麵をすすり上げると、旨味や香味が一気に鼻をつきぬけた。

同時に、しつこく背筋を這い回っていた悪寒が消えて、こわばった体がほどけていくのを感じる。どうやら思っていた以上に負荷がかかっていたようだ。

「心が冷えた時は、体から温めた方がてっとり早いからね」

という鳥栖青年の言葉を聞くかぎり、遅刻のお詫びというのは建前で、鳥栖青年なりに青児のことを気遣ってくれた結果らしい。そんなにヒドイ顔をしていたのだろうか。

「チャーシュー食べます？」

「前から思ってたけど、君、基本的に感謝の仕方が〈ごんぎつね〉だろ」

ごもっとも、とうなだれた青児が、しおしおと餃子の皿をさし出すと、残り三つを根こそぎにされてしまった。ジーザス。

と、ふーっと溜息を吐いた鳥栖青年が、

「まあ、正直に言えば、俺もそこそこ冷えこんでたしね」

不破が死んで、とその先に続く言葉が聞こえた気がした。

一昨日（おととい）、電話で聞いた話では、警視庁捜査一課に配転となって以来ずっと、同じ班の仲間として捜査にあたってきた間柄だそうだけど。

「……やっぱり哀しいですか？」

「どうだろうね。たちの悪い風邪をひいた時みたいな、体の芯（しん）が冷たくなる感じがずっと続いてるけど」

「それたぶん哀しいんだと思いますよ、鳥栖さん的に」

猪子石が自殺した後、しばらく同じ感じになったことがある。あれは俺なりに哀しかったんだな、と気づいたのは、ずいぶん後になってからだったけれど。

「そもそも俺の方が先に死んだはずなのに、なんでか骨から生き返らされるはめになるし、普通にラーメン旨いしね」

「……ですね」

まあ、ラーメンですし、とつけ加えると、「あーもうくそ」とうめきながら塩ラーメンのスープを完飲した鳥栖青年が、ゴン、と丼をテーブルに置いた。

うむ、だいぶヤサグレていらっしゃる。

「味玉食べます？」

「前から思ってたけど、君、なぐさめ方も〈ごんぎつね〉だろ？」

よ、よくご存じで。

けれど、と口には出さずに思う。けれど鳥栖青年には、もう死んで欲しくない。たとえすでに一度、鳥栖青年自身の手で命を絶っているのだとしても。

正直な話、皓少年や紅子さんはもちろん、篁さんや——ついでに棘も、誰一人死んで欲しくないのだ。そのために自分に何ができるか、まだわからないままだけれど。

「不破さんは、どうして殺されたんでしょうか？」

ほとんど無意識に訊ねると、

「……そうだね」

ぼそっと呟いた鳥栖青年が、珍しく逡巡するような沈黙をはさんで、

「正直、何らかの厄介ごとに巻きこまれた可能性が高いと思ってる。青い幻燈号で俺が経験したみたいに——ただ不破自身が誰かの恨みを買った可能性もあるだろうね。刑事なんてのは、他人の恨みを買うプロフェッショナルみたいなものだから」

なるほど。とくに鳥栖青年のように全方位に無愛想かつ無表情だと、いらぬ怨みまで爆買いしそうだ。

「聞こえてるよ」

そ、そんな馬鹿な。

「けれど〈怨まれるような人間じゃない〉って言葉の似あう男ではあったよ。自分にも

他人にも厳しいけれど、そのぶん裏表もないから人望も厚かったしね。ただ——怨まれることは少なくても、妬まれることはあったかもしれない」

はて、妬み——というと。

「やっかみ、と呼べるかもしれないね。一族郎党——それこそ父親から親戚まで警察関係者で、不破自身も刑事になるために生まれてきたような男だったから、新卒で入庁した時点で出世コースが約束されてるようなものだったし」

なるほど、それに一八〇センチを超える長身と棘と張り合える運動神経がそなわれば、向かうところ敵なし……どころか、はたして本当に人間だろうか？

「資質や環境に恵まれた人間ほど、持って生まれたものに無頓着になりがちだからね。周りから寄せられる羨望や期待が、紙一重の差で嫉妬や悪意にすりかわる下地はあったかもしれない——俺も含めて」

あまりに淡々とした声は、自嘲よりも自戒がこめられているように聞こえた。

（ああ、そうか、鳥栖さんは、その逆なのか）

実の母親とその再婚相手に兄弟二人とも見捨てられた結果、ヒキコモリだった兄が自殺してしまい、その後、警察に保護された鳥栖青年は、高校を卒業して警察の採用試験を受けるまでの間、児童養護施設で生活していたらしい。

（きっと背が低いのも、子供の頃に栄養が足りなかったせいなんだよな）

けれど鳥栖青年は不破刑事の同僚で、対等な仲間の一人なのだ。

肩を並べるためには、何十倍の努力が必要だったのではないだろうか。それこそ青児と比べれば、何百倍、何千倍の。そして、青児にとって警察官という存在は、不破刑事でも白水青年でもなく、今目の前にいる鳥栖青年なのだ。

〈それでも俺は、君に死んで欲しくない。なぜなら俺は警察官で、もう誰も死なななくてすむよう、罪を犯さなくてすむようにするのが仕事だから……悪人を捕まえて、この世から排除することじゃなしに〉

青い幻燈号で耳にしたあの言葉は、他の誰にも口にできないものだと思うから。

「刑事になるために生まれてきたって言うと、俺には鳥栖さんもそんな感じに見えます。性格とか考え方って意味ですけど」

と言うと、しばらくの間、沈黙が落ちて、

「……実は一度、退職願を出したこともあったんだよ」

ぼそっと鳥栖青年が言った。衝撃的な言葉に、え、と青児が顔を上げると、鳥栖青年は、どこか距離のある眼差しをして、

「ずっと辞めたいと思ってたからね。結局、周りに引きとめられて撤回したけど」

「……あの、その理由って俺が訊いても大丈夫ですか？」

おずおず訊ねると、鳥栖青年が長く息を吸いこんで、

「刑事っていう職業は、ドラマや映画だとヒーロー扱いだけど、実際は公務員だからね。事件が起きなきゃ動けないし、すでに起きてる事件だけで手一杯っていう面もある。け

れど――」

そこで言葉を切った。

片手を握りしめて、開く。その手でつかめなかった何かを思い出そうとするように。

「被害者の死体を目にすればするほど、頭の中で声が聞こえるようになったんだ。死にたくなかった、どうして助けてくれなかったんだって。もしかすると死んだ兄と重ねてたのかもしれない」

ああ、そうか、と心の中で青児はうめいた。

考えてみれば――いや、考えるまでもなく当然のことだ。捜査一課の刑事として事件現場の死体を目にすることは、鳥栖青年にとって助けられなかった人の数が増えていくことでもあるのだから。

同時に、いくつかの場面が脳裏に浮かんだ。

たとえば青い幻燈号の車内で、死体の傍らに膝(ひざ)をつきながら唇を噛んでいた鳥栖青年の姿が。あの時にも鳥栖青年の耳には〈死にたくなかった〉という死者の声が聞こえていたのだろうか。

「あの……」

なにも言えなくて喉が鳴る。言いたい言葉も、言わなければならない言葉も、たしかにあるはずなのに、言える言葉が見つからない。

「えっと、その」

大きく息を吸って頭をはっきりさせる。

ここにいるのが、せめて自分以外の誰かなら――と思うけれど、おそらく鳥栖青年はここにいるのが青児だから先ほどの言葉を口にしたのだ。彼の兄のことを知っている数少ない一人だから。

「たぶん鳥栖さんは、生きてる誰かを助けたい人なんじゃないかと。助けてもらったから、助けたいんだと思います、お兄さんのかわりに」

そう言ったのは、青児も同じだからだ。

何がしたいと思ったこともなかったし、何ができるのか、何をできるようになればいいのか、ろくに考えたこともなかったけれど。

今はただ皓少年の力になりたいと考えている――それはきっと助けてもらったからだ。そして誰よりも助けたいからだ。きっと自分の存在以上に。

「だから生きてる誰かを助ける仕事の方が向いてるんじゃないかと」

返事があるまで一呼吸分の間があった。

不意をつかれたように瞬きをした鳥栖青年が、ふっと肩から力を抜いて、

「……かもしれないね」

と呟いて、けれど、とつけ加える。

「不定期で知り合いの興信所を手伝ってるし、警備会社で研修も任されてるから、俺は無職じゃないけど」

「い、いやあの、しょっちゅう稽古をつけてもらってたんで、てっきりハロワ通いか日雇いアルバイターかなと」

「自分の物差しで他人をはかるのやめてくれる？」

……で、ですよねー。

胡乱な目つきでにらむ鳥栖青年に、だらだらと冷や汗を流しつつ固まっていると、

「けど、それも悪くないかもね」

と呟きつつ「ごちそうさま」と腰を上げた鳥栖青年が、何かを振り払うように肩をぐるりと動かして、

「じゃあ、行こうか」

＊

暖簾をくぐって店を出ると、途端に冷たい木枯らしが吹きつけてきた。「さむっ」と身震いした青児は、ダウンジャケットの襟をかきあわせつつ、

「考えてみると犬ってすごいですよね、尻尾の先まで毛皮着てて」

「……なにから目線の発言なのかな、それは」

すでに辺りは暗くなり始めている。まだ日没まで間があるが、各種ファーストフード店がひしめきあった駅前空間は、どこもかしこも薄ら灰色がかって見えた。おそらく頭

上でぐずついている曇り空のせいだ。

「例のアパートまで、どのくらいかかりそうかな？」

「えーと、徒歩だと二十分ぐらいかと」

「……意外とあるね」

うむ、正直、自転車が欲しくなる距離だ。

念のためにスマホの地図アプリにナビしてもらいつつ、鳥栖青年と二人で進む。

やがて、こぢんまりとした一戸建ての並ぶ住宅街に入ると、途端にぱったりと人通りが絶えて、ぼこぼこと畝の並んだ畑や野菜直売所なんかが目につくようになった。都会のオアシスといえば聞こえはいいが、たんに不便なだけの片田舎だ。

と、やおら鳥栖青年が立ち止まって、

「あれが目的地かな」

と前方の一点を指したその時、どこからか犬の吠え声がした。方角すら定かではない遠い場所から、二度、三度。誰かに吠えているのだろうか。

地図アプリを見ると、ちょうど鳥栖青年の指先に、目的地を示すピンが立っている。

――メゾン犬窪だ。

遠目にも寂れた木造二階建てアパートで、長方形をした敷地の長辺が、幅八メートルほどの二車線の道路に面している。モルタルの外壁は車の排気で陰気に黒ずみ、あちこち静脈に似たヒビ割れが走っていた。

（懐かしいって感じじゃないな、ちっとも）

むしろ胸苦しいような気もする。あるいは胸騒ぎかもしれないけれど。

と、不意に、地鳴りのように足元が揺れたかと思うと、

「おわっ！」

ほとんど条件反射で道路脇に飛びすさった青児の鼻先を法定速度を無視した大型トラックが轟音とともに通りすぎていった。

「……轢かれそうだな、とは思ったけど」

「そ、そこで静観に徹するのやめてもらえます？」

ああ、そうだ、思い出した。

アパートに面したこの通りは、配送ドライバーたちの間で、近くの幹線道路の抜け道として知られているらしく、大型トラックがビュンビュン通過していくのだ。おかげで深夜になっても車通りが絶えず、音と振動で慢性的な寝不足だった。

が、怨み言はさておくとして。

「えっと、２０１号室の調査ですから、まずは鍵の調達ですよね？」

「一昨日、電話で聞いた感じだと、仲介業者や大家さんを通さずに部屋に入る方法があるって話だったけど」

「いやあの、心当たりがあるってだけで、上手くいくかわかりませんが」

本来なら、不動産屋に内覧申込をして、入居希望者のフリで現地調査するのが正解な

のだろう。が、そう思って賃貸情報サイトを覗いたところ、なんと〈掲載終了〉になっていた。あわや入居済みか、と思いきや、不動産屋に問いあわせた感じ、どうも夜逃げ続きでブチ切れた大家さんが、〈今後この部屋は信頼できる知人にしか貸さない〉ときまいた結果のようだ。さもありなん、としか言いようがない。

が、素直に〈201号室の鍵を貸してください〉と大家さんに頭を下げにいったところで、塩をまかれて追い返されるのがオチだ。

というわけで、鳥栖青年と連れだってアパートの駐車場に回った。

砂利の敷かれた駐車場には、丈の高い枯れ草がぼうぼうにはびこって、以前よりも荒れた空気をかもし出している。そして、その隅に――。

（あった！）

長方形をした鉄の蓋が二列に並んだスペースがあった。水道メーターボックスだ。

「ええと、たしかコレだと思うんですけど」

記憶をたよりに、目星をつけた蓋の一つを「よっこらせ」と持ち上げる。と、蓋の裏に黒マジックで部屋番号が殴り書きされているのが目に飛びこんできた。

201号室――よし、当たりだ！

ほっと安堵の息を吐きながら穴の中を覗きこむと、レバー式の止水栓に紐つきの鍵がかかっているのが見えた。内覧用のスペアキーだ。

「不動産屋の担当の人が、内覧の時にここから鍵を出してたのを見て。たぶん鍵の受け渡しが面倒で、大家さんが隠したんじゃないかと思うんですけど」

「普通はキーボックスにしまうけど、まあ、入居時に鍵を交換すれば問題ないかな」

よっこらせ、と蓋をはめ直して、改めてメゾン犬窪に向き直る。

(基本的に、この辺りのアパートは空室率が高くて廃墟化してるって聞いたけど)

駐車場から見えるのは、アパートのベランダ側だ。

ぱっと見た感じ、以前と変わらず一階の真ん中——102号室のベランダに、使い古されたタオルや男性用下着、油染みのついた作業着が干されているのが目についた。その隣の101号室は、洗濯物はおろかカーテンすら見当たらない。空き部屋のようだ。

「そういえば、俺が入居してた頃は、101号室のベランダが真っ黒な遮光ネットで目隠しされてたんですよ。内覧の時ぎょっとしたんですけど、担当さんの話だと、六年前に設置した時は銀色だったのに、四年前から黒色に変わって急に物々しくなったって」

ちなみに〈夏の暑さ対策にいいな〉と感心した青児が、拾ったブルーシートで真似してみたところ、当の担当氏から〈台風で窓ガラスが割れたか、殺人現場の現場検証にしか見えないのでやめてください〉と苦情をいただいてしまった。

(けど、今はカーテンもないってことは退去済みなわけか)

反対に、当時は空き部屋だった103号室がアルミ製のサンシェードで覆われている。

一見、廃屋同然のメゾン犬窪にも、住人の新陳代謝は起こっているようだ。

(……あれ？)

駐車場に向き直ったその時、なにかが意識の端に引っかかった気がした。

砂利の敷かれた駐車場は、丈の高い枯れ草がぼうぼうにはびこって、以前よりも荒れはてた空気をかもし出している。背後には水色の軽自動車が一台。入居者専用の駐車場だから、おそらく住人の自家用車だろう。

が、違和感の正体は不明のまま、念のため辺りの景色をスマホで写真におさめると、

「じゃあ、行こうか」

すたすたと足早にアパートの正面に回った鳥栖青年が、カン、カン、と側壁にせり出した鉄骨組の外階段をのぼり始めた。慌てて青児も後に続く。

遅れて手すりをつかんだ瞬間、得体の知れないひやりとしたものを感じて、ぶるっと青児は身震いした。胸苦しさにも似た、不快な緊張感——そう、それこそ正真正銘の事故物件に踏みこもうとしているような。

「あの、実は出る系の物件だったりはしないですよね？」

「……さんざん幽霊よりもヤバイもの視てる気がするけどね、君の場合」

妖怪とか死体とかですよね、わかります。

とは思うものの、それとこれとは怖さが別腹だ。ぶるぶるっと頭をふってホラー映画的なイメージ映像を脳内から払い落としていると、

「まあ、出る系とは違うけど、事件や事故の起こりやすい物件っていうのは実在するんだと思うよ。住んでるだけでじわじわと追いつめられて、精神が不安定になるような」

「あの、それって原因は何なんですか？」

幽霊——ではないと思いたいのだが。

「いろいろだね。たとえば電波状況の悪い物件ならメールや電話を制限されて孤独感が強まるかもしれないし、騒音や振動、日当たりの悪さなんかも、睡眠不足や自律神経失調症につながるかもしれない。他にも壁が薄すぎてプライバシーがゼロな物件とか」

「あ、そう言えばこのアパート、生活音が筒抜けなんです。テレビとか掃除機なんかはもちろん、隣の部屋でカップラーメンの蓋をペリッとやった音まで聞こえる感じで」

「なるほど。まあ、そんな感じで一つ一つは些細なストレスでも、複数の要因が重なれば人死の発生する下地にはなるのかもしれない——それこそ事故物件と呼べるような」

ただ、と鳥栖青年が続けた。

ちょうど辿り着いた踊り場に靴底をのせながら。

「元警察官として言わせてもらうと、壁一枚隔てた場所に、見知らぬ他人がいる方がよほど怖いと思うよ」

言い終えると同時に二階に着いた。

踊り場からコンクリート敷きの廊下がのびて、合板張りのドアが三つ並んでいる。目指す先は三部屋のうちの一番手前——201号室だ。

鳥栖青年に続いて201号室の前に立つと、かびたように黒ずんだ玄関ドアは、下の方がささくれ立ってめくれ上がっていた。

「やっぱり誰も住んでないみたいだね。電気メーターボックスを見た感じ、そもそも通電してないんじゃないかな」

「ですよね」

となると、あとは不法侵入するだけか。

(警邏中のパトカーなんかに見つかったら、現行犯逮捕待ったなしだよな)

つらつら考えていると、鳥栖青年から薄地の白手袋を渡された。刑事ドラマなんかでお馴染みのヤツだ。現場に指紋を残さないための配慮だろうけれど、いよいよその筋のプロじみてきたのは気のせいだろうか。

通報されませんように、と心の中で祈りつつ、先ほど水道メーターボックスから拝借した鍵を、カチャカチャ、と鍵穴に差しこんだ。

よし、開いた。

「お、お邪魔しまーす」

ドアの向こうは暗闇だった。手探りで電気のスイッチを探り当て、ためしにパチパチやってみたものの、当然のようにつかない。通電していない――という以前に、そもそも蛍光管が外されているようだ。

(だと思ったんだよな)

ここぞとばかりに持参したＬＥＤライトを点けた。光の先で、薄ら埃の積もった畳がぼんやりと浮かび上がる。

間取りは1K。コンクリートを張った靴脱ぎ場のすぐ奥に板張りの空間があって、その奥が六畳一間の畳敷きだ。向かってすぐ右手には、昭和仕様の流し台やガスコンロで構成された小さな台所。ギシギシと床板を鳴らして進み、その奥の引き戸を開ければ、これまた昭和の遺物と呼べるタイル貼りの和式トイレだ。

板の間を渡って畳の上に立つ。正面の掃き出し窓は、その奥に位置するベランダ越しにぼんやりと街の光を映していた。202号室側の壁には、押し入れの引き戸。反対側は、ところどころ剝がれた壁紙の下から、むきだしの石膏ボードが覗いている。

家具一つなくがらんとした部屋の中央――かつて折り畳み式テーブルのあった辺りにライトを向けた瞬間、「よお」と肩越しに振り向いた猪子石の姿が浮かび上がった気がして、一瞬、息が止まりそうになった。

(いや勝手に幽霊にするなよ！)

パン、と片手で頰を叩く。思った以上にいい音がして、遅れて痛みがやってきた。

よし、と気合いを入れ直して、改めて室内を見回した。同じようにライトを手にした鳥栖青年が、真剣な表情であちこち調べている。

(けど、別におかしなところはない……よな？)

なにせ1Kの空き部屋だ。徹底的に調べようにも、そもそも調べる先がない。となると、残された手段は他の住人への聞きこみなわけだが――。

先ほど駐車場から見た限りでは、今いる201号室と真下の101号室以外、どこも入居済みのようだった。が、ただでさえ平日は在宅率が低い上に、そもそもドアを開けてもらえるかどうかさえ怪しいことを考えると、収穫は望み薄だろう。

と、シンク下の収納スペースを調べ終えたらしい鳥栖青年が、

「君が入居してた頃、隣はどんな人だった？」

「あの、実は一度も顔をあわせたことがなくて。ただ、よく男物のワイシャツなんかが干してあったんで、サラリーマンかなって思ってたんですけど——」

「ど？」

「それが一日おきぐらいにいる日といない日があって。いない日は本当に一日中いないんですけど、なのに朝起きるといるというか、いつ帰宅してるかもわからない感じで」

「……なるほど、本当にプライバシーが筒抜けみたいだね」

呆れた風に言って、しばらく考えこむように鳥栖青年が沈黙した。

と、ふと何かに思い当たった顔で、

「その人って、ときどき白い手袋なんかも干してなかった？」

「あ、はい、その通りです」

「たぶん、その人の職業がわかったと思うんだけど——」

鳥栖青年の口にした〈答え〉とそれに続く解説を聞いた青児は、「おおー、なるほど」と心の中で拍手した。すごい、長年の疑問が一瞬で氷解してしまった。

「さすが人生経験が違うというか、実年齢が見た目年齢の二倍なだけありますよね！」

「……死ぬの？」

い、いかん、地雷を踏み抜いてしまった。

だらだら冷や汗を流しつつ、明後日(あさって)の方を向いて聞こえないフリをしていると、突然、ゴンゴン、と音がした。反射的に跳び上がって振り向く。押し入れとは反対側の壁際に立った鳥栖青年が、軽く壁をノックしていた。

「いやあの、いきなりどうしたんですか？」

「……変だな、と思って」

「へ？」

言われて、まじまじと壁を見つめてしまった。いや、とくにおかしな様子は——。

「こうやって壁をノックして、コンコン、と不自然に軽い音がしたら、極端に壁が薄い可能性があるんだよ——けれど、ほら」

ゴン、ゴン、とこもった音が返ってきた。

「壁にかなり厚みがある。もともと木造の物件は遮音性が低めだけど、それでも押し入れを間に挟むことで音が伝わりにくくなるから、この部屋の防音性はそこそこ高いはずなんだよ。てことは、生活音が筒抜けだったっていう君の話と矛盾することになる」

な、なるほど、たしかに。

「あの、ひょっとして俺の記憶違いってことは——」

言いかけて、やめた。

壁をにらんでいる鳥栖青年の横顔が、あまりに真剣だったからだ。腕組みをして考えこみながら。青児の話が本当かどうか、はなから疑う様子も見せずに。

それは、つまり――信じてくれた、ということなのだろう。

じんわりと胸に温かなものがこみ上げて、一瞬、鼻の奥が痛くなった。

（こうなったら、なんとかしてもっと役に立ちそうな情報を思い出さないと）

すん、と洟をすすり上げて、片手で軽く頬を叩く。そして記憶を思い出す作業に意識を集中させていると、

「あれ？　また――」

犬が吠えた。

一声、二声、長く尾をひきながら、遠くのどこかで吠え声がする。同時に、頭の奥でフラッシュバックする記憶があった。

どくん、と心臓が一拍はねる。

ああ、そうだ、思い出した。

――犬だ。

「あの、鳥栖さん」

数分経って呼びかけた青児の手には、ブラウザアプリを立ち上げたスマホがあった。

画面には、とある人物の写真をのせたニュースサイトが表示されている。

峰羽矢人――不破刑事を殺害したと目される人物だ。

「俺、この人と会ってると思います。三年前に、この201号室で」

ああ、そうだ、今ならわかる。

一昨日、オンライン会議で峰青年の写真を目にした時、どことなく見覚えがあるような気がした理由。あれは、たった一度とは言え、たしかに面識があったせいなのだ。

「くわしく話してもらえるかな？」

訊かれて頷く。結局、どう説明したらいいかわからないまま、見たこと感じたことをそのまま鳥栖青年に伝えることになった。

——三年前。

当時の青児は、お先真っ暗な就活に苦しむ大学三年生で、火事で焼け出された学生向けアパートから、保証人不要、激安家賃のメゾン犬窪に移り住んだばかりだった。

時刻は、深夜二時。蛍光灯の寿命切れのせいで、室内は真っ暗だった。ぼおっと台所に突っ立って煙草を喫っていると、階段を上る足音が聞こえてきて——。

(小窓から覗きこむ犬の化け物が見えたんだよな)

あれは、やはり〈犬神〉だったのだろうか。

が、やがて化け物は姿を消し、再び階段を上る足音が聞こえたかと思うと、ガチャガチャ、とドアに鍵を差しこむ音がした。

驚いたことに、本来なら開くはずもないドアが、カチン、と錠の外れる音をたてて開き、直後に現れたのが峰羽矢人という青年だったのだ。

「うおっ！　だ、誰だよ、お前！」

悲鳴を上げたのは、なぜか不法侵入者であるはずの峰青年の方だった。

今思うと、同一人物と気づくことができたのは、首筋に彫られた狼のタトゥーのおかげだろう。当時の峰青年の姿は、写真とはまるで別人だったのだから。

げっそりとこけた頬に不精髭。すえた汗の臭いを放つスウェットは、もう何日も洗濯していないかのように襟周りが垢で汚れていた。そして血走った目で青児をにらんで、

「おまっ、お前！　騙しやがって！　空き部屋じゃなかったのかよ！　カーテンぐらいかけとけよ、くそがっ」

吠えるような声だった。唾を飛ばしながら動く口の中で、前歯が一本欠けている。

「くそったれ、何もしねえから外出てろ！　早くしろっつってんだよ、殺すぞ！」

——あ、これガチャヤバな人だ。

ようやく我に返った青児が後ずさりすると、どんっと衝撃を背中に感じた。和式便所の引き戸にぶつかったのだ。

と、ついに痺れを切らしたらしい峰青年が一歩玄関に踏みこもうとした時だった。

「わっ」

開け放たれたドアの向こうから、さっとまぶしい光が差して、反射的に青児は目をつぶってしまった。直後に、通りを走り抜けるトラックの轟音。

そして——。

「え？」

瞼を開けると、峰青年の表情が一変していた。

──怯えている。

体のどこかをナイフで刺されたように蒼ざめた顔で、室内の何かを凝視しながら。

が、引き戸にへばりつくヤモリスタイルで室内を見回しても、それらしきものは何もなかった。誰もいない。何もない。なのに脱兎のごとく駆け出した峰青年は、まるで化け物から逃げるような足取りで、それきり姿を消してしまった。

（……いや何だったんだ今の？）

残された青児は、そのまま夜明けまで呆然と膝を抱えていたものの、例の意味不明な侵入者が鍵でドアを開けたことを思い出して震え上がった。合い鍵を持っているのだ。

「──で、それからどうしたの？」

「水道メーターボックスを確認したら、内覧用のスペアキーは残ってたので、たぶん元々合鍵を持っていたんじゃないかと。しっかり鍵交換費用をとったくせに入居の際に未交換だったみたいなんです。で、大家さんにギャンギャン言って鍵を換えてもらいました」

「なるほど、それでこの鍵が新品なわけか」

と呟いた鳥栖青年の手には、先ほどのスペアキーがあった。

が、鍵を交換してもらうまでの間、押し入れの内側につっかえ棒をして、包丁を枕元にしのばせた物騒なドラえもんスタイルで就寝するはめになったので、できれば二度と思い出したくない――というか実際に封印していた記憶だ。

「そう言えば、〈カーテンぐらいかけとけ〉っていうのは？」

「あ、実はあの頃、窓にカーテンがなかったんです。粗大ゴミ置き場でストーブを拾ったら、故障してたせいかカーテンが焦げちゃいまして。夏までナシで乗り切ろうかと」

「……君の話を聞いてると、よく今まで生きてこられたなって思うよ」

ですよねー。

もはや乾いた笑い声しか出てこないが、青児自身のことはひとまず脇に措くとして、

「峰羽矢人さんは、どうしてこの部屋に戻ってきたんでしょうか？」

当時、峰青年がメゾン犬窪を失踪してから、すでに一年が経過している。

置きっ放しにしてしまった貴重品や身分証を取りにきた――と考えるのが一番自然な気がするけれど、とっくの昔に処分されているか、少なくとも別の場所で保管されていると考えるのが普通ではないだろうか。

それに、運悪くバッタリ出くわしてしまった青児を〈早く外に出ろ〉と脅している点から考えて、もっと別のことが目的のような気もする。

「えーと……俺を外に出して、その隙に金目のものを漁って逃げようとしてたのなら、シンプルに強盗ですよね」

「いや、それなら、逆に君が外に逃げないよう、脅したり縛ったりするんじゃないかな。近所に助けを求めたり、通報されたりしないように」

「あ、なるほど」

言われてみればその通りだ。

「つまり峰羽矢人自身には、自分が通報されるようなことをしている自覚がなかったわけだ。それに〈空き部屋じゃなかったのか〉〈カーテンぐらいかけとけ〉って言葉をそのまま受けとめるなら、彼は未入居の空っぽな状態だと判断したからこそ、201号室に侵入したことになる。となると、はなから泥棒の線はないだろうね」

「あの、じゃあ一体——」

何が、と言いかけたところで、ふと鳥栖青年が顔を上げた。足早に台所へと歩み寄ると、シンク下の収納スペースの扉を開けて、

「さっき見た時から気になってたんだけど、これは誰が取りつけたものなのかな？」

「へ？」

背後から鳥栖青年の手元を覗きこむと、観音開きになった扉の内側に白いプラスチック製のタオルハンガーがあった。

「えーと……それって百均とかで売られてるヤツですよね？」

「そう、だから後づけのものじゃないかと思うんだけど」

——あ、思い出した。

「内覧の時、不動産屋の担当の人に〈なんで扉の内側にこれが？〉って訊いたんです。そしたら〈前の住人が勝手に付けたヤツなんで、鍋蓋でもかけといてください〉って」

思えば、年一で足の小指を箪笥にぶつける呪いをかけたくなるタイプの担当者だった。いや、日替わり定食から唐揚げが一個消滅する呪いでもいいかもしれないけれど。

（けど、前の住人ってことは、あの峰羽矢人って人が取りつけたことになるんだよな）

正直、違和感がある。

どう考えても、百均グッズで台所のプチリフォームを試みるタイプではない。むしろ三度の食事のほとんどをコンビニ飯や外食ですませるタイプではないだろうか。

「同感だよ。だからこれは――」

まるで青児の心の声が聞こえたように呟いた鳥栖青年が、その手でつかんだタオルハンガーをベリッとドアの内側から引きはがした。

……いやなぜベリッと。

「ちょ、ちょっと待った、勝手にそんなことしてドアに傷とか」

「いや、もともと木工用ボンドでプラスチックの部分を接着してあったみたいだから、そんな強度でもないんだよ。それよりも、ほら」

言いつつタオルハンガーをひっくり返すと、空洞になった内側の部分に指を突っこんで、中からなにかを引っ張り出した。折りたたんだ紙幣が三枚。すべて一万円札だ。

「え、これって……ヘソクリってことですか？」

「そう、隠し金だろうね。前のアパートから夜逃げ同然に引っ越したって話だから、ある日突然借金とりに押しかけられて無一文になった時の備えじゃないかな」

な、なるほど、もしもの時の命綱か。となると峰青年が２０１号室に押しかけた目的は、この三万円の回収だったわけで、はなから通報の危険性を考えていなかった理由も頷ける。あくまで自分の金だからだ。

が、となるとわからないのは――。

「あの、じゃあ、その峰羽矢人って人は、結局、一円も回収せずにあきらめたってことですよね？　その理由って――」

言いかけて、その先の言葉を、ごくり、と唾と一緒に呑みこんだ。

脳裏に２０１号室から走り去る峰青年の姿がよみがえる。青児以外には誰もいないはずの室内を凝視して、とてつもなく恐ろしい何かから逃げ出すように。

「……幽霊でも見たんじゃないかな？」

「思っても言わないでくださいそれは！」

半泣きの震え声で抗議した青児に、しかし鳥栖青年は、しばらく考えこむように親指の腹で唇をなぞると、

「じゃあ、そうじゃなかった場合を考えるために、当時の状況を再現してみようか」

言うが早いか、すたすたと玄関に向かうと、靴を履き直してドアを開けた。その手元でライトが消える。手振りでうながされて、慌てて青児もライトを切った。

真っ暗になった視界と、開け放たれた玄関ドア。そして戸口に佇（たたず）んだ人影。これで三年前と状況的にはほとんど同じだ。いや、一つだけ足りないとすれば――。

「あの、すみません。たしかあの時、ドアの外から――」

光が、と言いかけた青児の声をトラックの走行音がかき消した。

そう、あの時も、轟音をたてた大型トラックが、戸口に佇んだ峰青年の背後――アパートの表側に接した道路を通過していったのだ。

そして。

「「あ」」

二人同時に声が出た。さっと室内に差しこんだ光が、一瞬だけ奥のガラス戸を光らせたのが見えたからだ。まるで鏡のように。

「なるほどね。ちょうどアパート二階分の高さにある街路灯の光が、大型トラックのコンテナに反射して、あんな風に室内に差しこむわけか」

それから、当時の青児と同じように和式便所の引き戸にへばりついてみたり、当時の峰青年の立ち位置――ちょうど玄関ドアをくぐった辺りから、光量を最大にしたフラッシュライトを照射したりして、色々と実験してみた結果――。

「押し入れだね」

「……ですね」

本来、玄関の位置からは見えないはずの押し入れが、一瞬、街路灯の光によって鏡面化したガラス戸に映りこむことで、峰青年の目に映ったらしい。ちなみに和式便所の引き戸とは横一直線の並びになっているので、青児の目からは完全な死角だ。

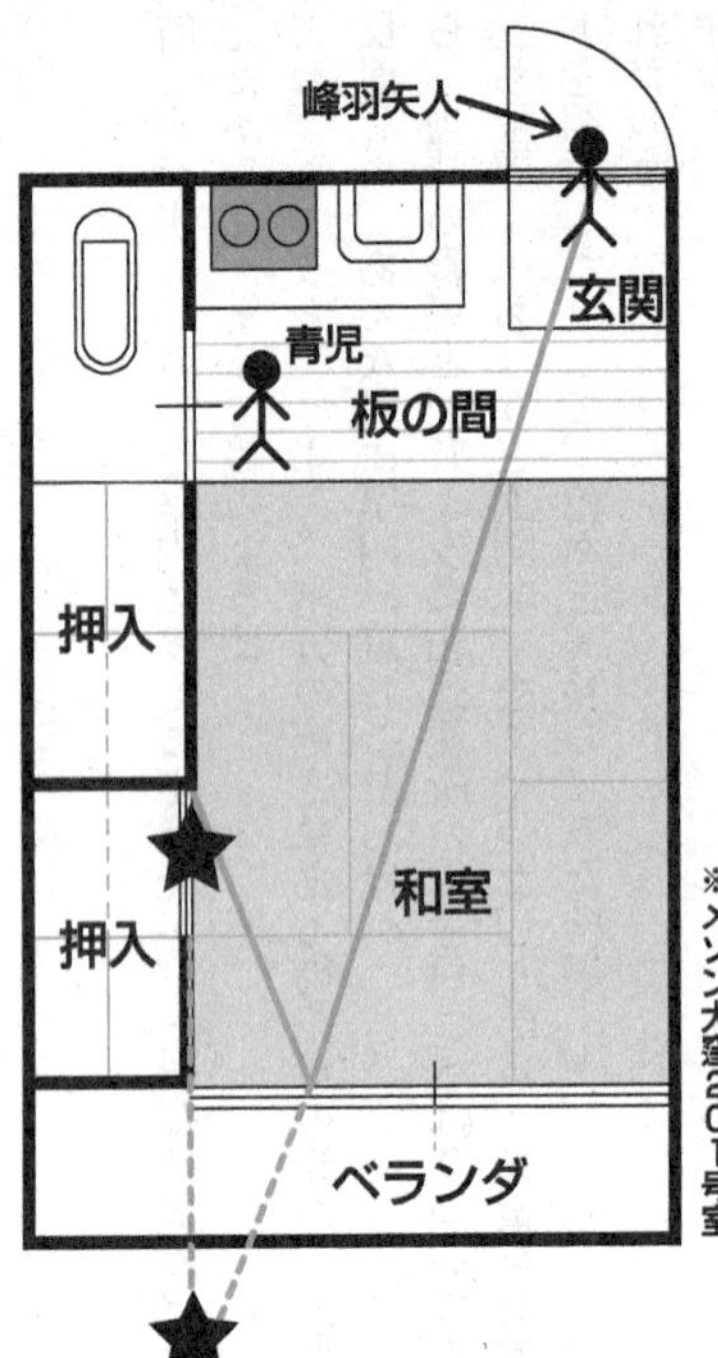

※メゾン犬窪201号室

と、後ろ手に玄関ドアを閉めた鳥栖青年が、すたすたと押し入れに歩み寄った。そして引き違いになった戸襖を開けると――。

空っぽだった。

上下に仕切られた収納スペースには、かつて青児が押しこんだ布団はおろか、綿埃の塊ひとつ見当たらない。が、鳥栖青年は、そのまま押し入れの上段にもぐりこむと、立て膝をついた格好であちこち点検し始めた。

……うっかり「体のサイズぴったりですね」なんて口走った日には、次の稽古でアキレス腱固めを食らわされるのだろうか。

「聞こえてるよ」

だ、だからなんで！

と、天井板を探っていた鳥栖青年の手元から、ゴトゴトと音が上がったかと思うと、

「なるほど、さっきは気づかなかったな」

そんな呟きとともに、カタンと音が鳴った。天井板の一枚が外されたのだ。下から覗きこむと、ぽっかりと四角い穴があいている。ちょうど大人が一人通れるサイズだ。

「え、な、なんですかそれ」

「天井点検口。電気や水道の配管や配線が天井裏に集中してる以上、上れないと保守管理できないからね。押し入れなのは人目につかないようにするためだと思うよ」

なるほど、ごく普通の設備なわけか、と青児がほっと胸を撫で下ろした時だった。

「――え」

空気が変わった。

反射的に鳥栖青年を見ると、点検口に首だけ突っこんだ状態で静止している。

何かが変だ、と肌で感じた。明らかに空気が違う。まるで首から上が見えないはずの鳥栖青年から恐怖と緊張が発散されているかのように。

「ああ、なるほど――これは怖いな」

その呟きを聞いた瞬間、ぞわっと二の腕に鳥肌が立った。が、鳥栖青年はそれきり口をつぐんだまま、押し入れから飛び降りると、

「……君は見ない方がいいと思うよ」

珍しく気遣うように言った鳥栖青年に、しかし青児は即座に首を振って、

「いえ、あの――見ます」

と応えた。皓少年の目のかわりとして。

(けど怖いものなんて、本当はなにも見えないのが一番だよな)

おっかなびっくり押し入れの上段によじのぼる。気持ちを落ち着けるため、一度大きく深呼吸してから、頭だけ天井点検口に突っこんだ。そして手持ちのライトをつけて、

「……あれ?」

何もなかった。

予想外の高さと広さをもった暗闇は、配管や配線でごちゃついているものの、小柄な

人物であれば十分に立って歩けるだけの余裕がある。けれど、煙霧のように埃を浮かび上がらせたライトの先には、ただ延々と暗闇が続くばかりで――。

「あの、何もないように見えるんですが」

「そうだね、だから怖いんだよ」

　はて、どういう意味だ。

「こういう古いアパートは天井裏でつながった構造が多くて、界壁っていう間仕切りで住戸ごと仕切られてるんだよ。で、界壁には火事の延焼を防いだり、生活音が洩れないよう遮断したりする性能がある」

「は、はあ、なるほど。てことは、点検口と一緒で、あるのが普通なんですか？」

「建築基準法で定められてるからね。なければ施工不備だよ。このアパートみたいに」

――え。

　瞬間、ぶるっと戦慄にも似た震えに襲われた。辺りの暗闇が一気に濃さを増して、かわりに空気が薄れたような息苦しさがある。

　壁が――ないのだ。

　押し入れの真上に位置するこの場所は、隣の202号室との境界にあたるはずで、つまりすぐ真横に界壁があるべきなのに。なのにライトを向けた先に広がった闇は、ただ闇でしかなかった。吸いこまれるように光が途切れた先の、さらに奥の、奥まで。

「あの、てことは、まさか」

「そう、ご覧の通りの違法建築だよ。二〇一八年、ある大手不動産会社の単身者向けアパートで、似たような界壁施工不備が発覚して大問題になったけど、このアパートとの共通点は生活音の漏れやすさだね。天井裏を伝って音が筒抜けになってたわけだ」

「な、なるほど、生活音ダダ洩れの原因って壁じゃなかったんですね」

「そう、けど本当の問題は別にある——ライトを下に向けてみなよ」

「あ、はい——って、え」

心臓が止まった。全身の毛穴が開くような怖気と共に、喉の奥から悲鳴がせり上がってくるのを感じる。

見てしまったからだ。

逆手に持ち直したライトの先には、分厚く、そして均等に埃の積もった天井板があって、そこに帯状の筋が残されていた。時間のままに堆積した埃の層をかきわけて、何かが天井板を這いずった跡——足音をたてないように四つん這いになった誰かが、天井裏の暗がりを移動した痕跡だ。

「界壁には遮音と防火の他にもっと根本的な役割があって、他の部屋の住人の侵入を防いでるんだよ。で、それがないと出入り自由になるわけだ。今、君が見てるみたいに」

ああ、本当だ——これは怖い。

気がつくと青児は押し入れの外に逃げ出して、鳥栖青年の側で震えていた。許されるなら最寄りの交番に脱兎のごとく逃げこみたい。なにを隠そう青児自身、正真正銘の不法侵入者ではあるけれど。

（だって一時期、鍵を交換してもらうまでの間、押し入れで寝起きしてたのに）

よりにもよって一番危険な場所で籠城していたことになる。当時、天井板の向こう側はどうなっていたのか想像するだけでも悲鳴が出そうだ。

と、おもむろに鳥栖青年が口を開いて、

「もしかすると、吾川っていう記者の主張は正しかったのかもしれないな」

「え？」

「いや、西條くんが黒幕云々はさておき、主張通りのことが実際にあったんじゃないかと。家賃を肩代わりする約束で、訳ありの人間をメゾン犬窪に入居させる。そして頃合いをみはからって連れ去り、凶悪殺人事件の犯人に仕立て上げるっていう――」

ぞわっと背筋が粟立つのを感じた。たしかに押し入れの点検口を使えば、住人には気づかれないように、そっと室内に忍びこむことも可能だろう。

「あの、けど」

とっさに出た声は、かすれて裏返ってしまった。

「たとえば、そっと室内に忍びこんで、スタンガンとかで気絶させることもできると思うんですけど、二十代の成人男性を無理やり連れ去るってなると、下手すると反撃を食らって返り討ちに――」

「寝入ったタイミングで侵入すればいいんじゃないかな。たとえば留守中にしのびこんで、あらかじめ冷蔵庫の飲み物に睡眠導入剤なんかを仕こんでおくとか」

……さすがというか、発想のえげつなさが段違いだ。

「そうやって昏睡状態にした上で猿轡をかませて、毛布やビニールシートでぐるぐる巻きにしておけば、たとえ意識を取り戻しても逃げようがないしね。で、その状態で部屋から運び出したんだと思う」

「け、けど、玄関ドアからかつぎ出したら、車道から丸見えですよね。深夜でも大型トラックがビュンビュン走ってますし、さすがに人目が気になるんじゃ」

「さて、どうかな。玄関からとは限らないと思うよ」

意味ありげに言って鳥栖青年がガラス戸に歩み寄った。クレセント錠を回すと、カラリと開いてベランダに出る。途端、冷たい夜風がさっと室内に流れこんで、

「寒っ！」

と首をすくめた青児は、慌てて鳥栖青年の背中を追ってベランダに出た。

辺りはすっかり夜で、腰辺りまでしか高さがないアルミ製の柵の向こうには、黒々とした闇が広がっている。駐車場の向こうに見える民家の灯りで真っ暗闇とまではいかないまでも、それでも互いの輪郭の怪しくなる暗さだ。

「たぶん犯人は、表の玄関じゃなしに、裏のベランダから運び出したんじゃないかな。駐車場に面したベランダなら、トラック運転手や通行人に目撃される心配もないし、車までの距離も最短だからね」

「あの、けど一体、どうやってここから地面に――」

そう訊こうとした青児の声を遮って、

「見てみなよ」

と言った鳥栖青年の手元を覗きこむと、灰色にくすんだアルミの柵に白い粉をふいたような斑点が散らばっていた。

「え、なんですか、これ」

「白錆だよ。アルミは他の金属に比べて錆びにくいはずなんだけど、長年手入れを怠ると、こんな風に腐食する――よく見ると、筋状に擦れた跡があるだろ」

「あ」

本当だ。ぱっと見た感じ、ロープ状のものが擦れた跡に見える。

「高校を卒業して施設を退所する前に、引っ越し屋でバイトしたんだけどね。〈吊り下げ作業〉っていって階段や玄関を通れない横長の家具をベランダから運び出す時に、ロープで吊り下ろす方法があるんだよ。それと同じことをしたんじゃないかな」

まさか、と声が出そうになった。けれど、どうにか唾と一緒に呑みこむと、

「てことは、引っ越しの荷物なんかと同じ扱いで、毛布やビニールシートでぐるぐる巻きにした人間をベランダから下ろしたってことですか？」

「そう、成人男性一人ぐらいならロープ一本で事足りるし、重力に逆らわずに下ろすだけなら、たいした腕力も使わないしね」

と続けた鳥栖青年が、トントン、と指先でアルミの柵を叩いて、

「ひとまずダメ元で証拠を探してみようか。幸いそれらしい跡も残ってるようだしね」

へ、と場違いに間抜けな声が出た。

慌てて柵に顔を近づけると、不自然な凹みがある。注意深く見なければ見落としてしまいそうなそれは、なにか硬いものをぶつけてできた痕跡に見えた。

と、おもむろに屈みこんだ鳥栖青年が、逆手にフラッシュライトを握って、コンクリートの床を調べ始めた。やがて雨水を流す排水口に辿り着くと、なにかを探るようにライトの先を動かして——。

「あった」

指先でかき出すようにしてつまみ上げたそれは、白い欠片だった。歯のように見える。それも犬歯や奥歯と違って先の平らな——折れた前歯だ。

「え、これ、誰の」

「峰羽矢人だと思うよ」

と言った鳥栖青年は、上着のポケットから小型のジッパー付きポリ袋を取り出すと、中に前歯の欠片を落としこみながら、

「三年前、この部屋に現れた峰羽矢人は、前歯が一本欠けてたんだろ？　ベランダから吊り下ろす際に身じろぎしたのか、うっかり犯人が柵にぶつけるかして折れたんだと思うよ。柵の凹みはその時のものじゃないかな」

一瞬、頭の中が真っ白になって、遅れて小さな悲鳴が洩れた。

「……そんな」

脳裏に浮かんだのは、三年前の深夜二時、２０１号室に押しかけてきた峰羽矢人の姿だった。そして血走った目でわめきたてる口から覗いていた、欠けた前歯。

「あの時、もしかすると彼は、監禁場所から逃げ出してきたのかもしれないね。どうして真っ先に交番に逃げこまなかったのかわからないけど、こんな扱いを受けたら他人の存在そのものが恐怖の対象になるのもわかる気がするな」

平坦な声だった。が、一見、無表情に見える顔の下には、押し殺した感情がひそんでいるのがわかる。

――怒りだ。

ふと耳に鳥栖青年の声がよみがえった。

〈元警察官として言わせてもらうと、壁一枚隔てた場所に、見知らぬ他人がいる方がよほど怖いと思うよ〉

その通りだ。

板子一枚下は地獄、という言葉通り、ある日突然、自分の居場所だったはずの場所が地獄へと変わってしまう。それも隣人という見知らぬ他人の存在ひとつで。

（ああ、本当だ――怖い）

そう胸の内で呟いた瞬間、自分のいる場所がわからなくなった。

見慣れたはずの景色が、見知らぬものに変貌してしまう。まるで現実や常識から切り離された異空間のように。

気づいてしまったからだ。一歩間違えば、この部屋から連れ去られて殺人事件の犯人にされていた犠牲者は、青児だったのかもしれないことに。

（いや、実は前の入居者二人には共通項があって、その後で俺が入居したのは、ただの偶然ってこともありえるけど）

それでも、と思う。

どこにも行き場所のない厄介者として、このアパートを唯一の生き場所にしていたのは、青児も同じなのだ。

これまでの人生、恨まれたり憎まれたりするほど他人と関わってこなかった。怒鳴られたり罵られたりしても、みんな根っこのところでは無関心で、たまに鬱陶しがられたり、白い目で見られたりすることはあっても、敵意や害意を向けられた経験は少なかったのだ。

なのに今、こんなにもはっきりと、手でつかめそうなほどの確かさで存在している。

――悪意が。

鳥肌が立っているのに汗が止まらない。空気が薄まっていくような、肺のよじれるような感覚があって、息をするのが苦しかった。

と、不意に。

ぐらっと腹の底から得体の知れない衝動がわいた。かあっと頭の奥が熱くなって、こめかみの横で血流の沸騰する音が聞こえる。

――なんだこれ。

喉の奥でうなった途端、目頭が熱くなって鼻の奥がきな臭くなった。

（いや、ほんとなんだこれ。うわ、涙出てきた）

きつく奥歯を嚙みしめて、肩で大きく息をする。そうして初めて、胸にわき上がった感情の正体に気がついた。

怒りだ。

（――くやしい）

やり場のない感情が胸の奥から突き上げてくる。

同時に、なぜか思い出した記憶があった。内覧を申しこんだ入居希望者として初めてメゾン犬窪の前に立った時のことだ。

空き地に捨てられた段ボール箱みたいだな、と思った。

風に吹かれて溜まったゴミが、捨てる人も現れないまま、ただ放っておかれているような――そんな人間たちの流れ着く場所だ。

それでも。

あの頃の青児が自分自身で手に入れた場所はここだった。家族も友人も生活費も内定先も、本当になにひとつなくて、ただずっと煙草だけを握りしめていたあの頃に。

たとえ存在しているのがやっとで、立っているのが精一杯のような場所でも、あの頃の青児にとっては、この世で唯一の拠り所だったのだ。

(それなのに)

ああ、くそ、勘弁してくれ、と思う。

が、それ以上に——。

「——ふざけるなよ」

食い縛った歯の隙間から声をふりしぼる。そうして初めて、かつて皓少年の言っていた言葉の意味が理解できた気がした。

〈これは僕の我儘ですが、いつか自分のために怒れるようになるといいですね〉

今、ようやく青児は怒っている。あの頃の自分のために。

逆にこれまで自分のために怒ることができなかったのは、青児にとって自分自身という存在がどうでもよかったせいなのだろう。結局、なんとかしようとしてどうにもならないまま、ただ自分自身でいることしかできなかったのだから。

けれど今は、煙草以外に握りしめるものがなかったこの手を、ずっと握りしめてくれる人がいる。だからこの怒りは、きっと皓少年からもらったものだ。

と、不意に。

尻ポケットでスマホが震えて、はっと青児は顔を上げた。メールではなく通話のようだ。あたふたと画面を確認して、え、と短く声が出る。

――鳥辺野(とりべの)佐織(さおり)。

（あ、そうか。昨日、吾川さんのことで相談したから）

吾川さんの身元は、紅子さんが調査することになっている。なにせ紅子さんなのでケネディ大統領暗殺の真相ぐらいなら家事の片手間につきとめられそうな気がするけれど、なにか役立つ情報があればと、ダメ元で鳥辺野さんに電話してみたのだ。

（で、偽造した名刺を渡された挙句、はなから犯人扱いされたことを説明したら、思いの外親身になってくれたんだよな。いざって時の相談先を教えてくれたりして）

どうやら鳥辺野さん自身がオカルト雑誌の編集にたずさわっているのもあって、雑誌記者を名乗る吾川さんの横暴に憤慨してくれたらしい。

そして、今日この電話につながるわけだが――。

〈調べた限りでは、記者としてかなりの要注意人物みたいですね。もともとは大手出版社の雑誌畑の人なんですが、七年前、ある写真週刊誌で誤報騒ぎを起こしたみたいで〉

「えっと、誤報っていうと、でっちあげとかそういうのですか？」

話し声が外に漏れないよう、鳥栖青年に断りを入れて室内に戻る。おっかなびっくり訊ねた青児に〈一歩手前ですね〉と鳥辺野さんが苦笑して、

〈ある学校で起きたいじめ問題について、被害者側のでっち上げを告発する記事だったんですが、取材の杜撰(ずさん)さが露呈したというか、一方の当事者の言い分を鵜呑(うの)みにして反対取材を一切行わなかったみたいです。被害者側が裕福な政治家一家だったのもあって、

雑誌発売後、記事を信じこんだ人たちのせいで炎上状態になったんですが、その後、抗議を受けた出版社側が調査した結果、加害者側の主張に虚偽があることが判明して、取材不足を認めた上で訂正記事と謝罪文が掲載されました。ただ肝心の吾川さんは、一切の謝罪を拒否して退社してしまったそうで〉

……うむ。一昨日の様子を見る限り、さもありなん、という感じだ。

〈今はフリーランスのライター兼編集者として仕事を請け負ってるみたいですが、どうも失業者と紙一重みたいで。ゲスな噂話ですけど、月々のローンの支払いに困って、ついに去年、住んでた分譲マンションを手放したって聞きました〉

「た、大変ですね」

〈そうとう経済的に切羽詰まってるのかもしれません。そこから一発逆転をかけた独自取材だとしたら、無茶苦茶な取材ぶりもわかる気がします〉

「……ですよね」

とはいえ、例のトンデモスクープ記事だけは、なんとしても阻止しなければ。

「あの、ありがとうございます。俺のことはともかく標的にされた皓さんが心配で」

〈いえいえ、また何かあったら連絡してください。報道も出版も、立場は違えど、一般読者にとっては公権力と同じぐらいの影響力を持ってますから。だから業界の一員として、気づいた過ちは正さなくちゃいけないと思ってます〉

毅然（きぜん）とした鳥辺野さんの言葉に、じわっと胸が熱くなるのを感じた。青い幻燈号で鳥栖青年から聞いた言葉と同じに、プロとしての矜持から出たものに聞こえたからだ。

同時に、耳によみがえる声があった。

「沙月に必要なのは、自分の引き立て役をやってくれる〈しっかり者のお姉さん〉で、怪談を飯のタネにするような〈不気味な負け組女〉じゃないんですよ」

もしかすると、鳥辺野さんが沙月さんに対して、心の底に淀んだものを抱えていたのは、その仕事を軽んじられたせいもあったのかもしれない。

けれど同時に〈しっかり者のお姉さん〉として――姉御肌の頼れる友人として沙月さんに接していた頃の姿が垣間見えた気がして、なんだか言葉につまってしまった。

どうにかこうにか通話を終えて、ふと疑問がわいた。

（そう言えば吾川さんって今どこに住んでるのかな）

噂の分譲マンションからは引っ越しずみだろうか。いくら無職同然とはいえ、さすがに以前の青児のようなネットカフェ放浪生活はしていないと思うけれど。

なんてことを考えつつ、ベランダに出ようとしたところで、

（あれ？　なんか今）

アルミの柵越しに駐車場を一望した瞬間、ふと記憶の底にうずくものがあった。

なにかが意識の端にひっかかったような――駐車場の前に立って正面からメゾン犬窪を見上げた時と同じ感覚だ。違和感、いや、既視感だろうか。

（たしかあの時、念のため写真を撮って――って、写真？）

そうだ、写真だ。

「ちょ、ちょっとすみません、どいてください！」

叫びながら鳥栖青年を押しのけてベランダに飛び出すと、つんのめるようにアルミの柵にとりついた。ぐいっと頭から落下しそうな勢いで身を乗り出して、

「や、やっぱりあった！」

と叫んだ青児の眼下には、ぽつんと停められた水色の軽自動車があった。先ほど水道メーターボックスから鍵を回収した時とまったく同じ位置に。

「何があったって？」

「えっとその、実は、一昨日、紅子さんがトンネルの手前で車に乗った吾川さんに声をかけられてるんですね。それが水色の軽自動車で、あの車と同じなんです」

それに、と続けながら、スマホに指を滑らせる。

写真フォルダの中から最新の一枚を表示した。先ほど駐車場の中で違和感――いや、既視感を覚えた時、念のためカメラにおさめたものだ。

「その後で、俺が吾川さんと書斎で会った時に、メゾン犬窪の写真を見せられたんですけど、その写真がこれとそっくりだったんです」

この写真は、今、眼下に停まっている水色の軽自動車の手前で撮影したものだ。

対して吾川さんの写真は、駐車された車の車内からフロントガラス越しに撮影したものので、その二枚がそっくり同じということは――。

「まさかとは思うんですが、あの水色の軽自動車は吾川さんの車で、ちょうどあの場所から撮影されたんじゃ」

いや、けど、と心の中で否定する。たまたま吾川さんが車を停めて撮影した場所に、たまたま今日別の車が停まって、たまたまそれが水色の軽自動車だった可能性もある。

そこまで考えたところで気がついた。確認する方法が、ひとつだけある。

「ちょっと待っててください」

大急ぎでスマホを操作して、暗視カメラアプリを起動させる。以前、老が——魔王ぬらりひょんの依頼で、怪異の原因調査をした時にインストールしたものだ。

ズームしながらピントをあわせる。やがて粒子でざらついた画面に軽自動車の車内が映し出された。ルームミラーからぶら下がったテディベアのキーホルダーも。

「あの」

と口を開いた青児は、緊張から唇をなめて、

「やっぱりあれは、吾川さんの車みたいです。ルームミラーにぶら下がったキーホルダーが、写真で見たのと同じなので」

「……なるほどね。となると彼女も、このアパートを調査中なのかな」

ひやりと背筋に冷たいものが落ちた。

そう、今目の前の駐車場に車が停まっているということは、持ち主の吾川さんはメゾン犬窪の中か、少なくとも近くにいる可能性が高いことになる。

(もしも今こうやって201号室に不法侵入してるところを隠し撮りされたりしたら)

目線入りになった自分の顔写真がドーンと写真週刊誌にのっているのを想像して、ぶるっと身震いした。せめて鳥栖青年は全身モザイク処理してほしい。

「あれ? けど、あの駐車場って部外者が停めていいんですかね」

「どうだろう。空きスペースを住人以外にも貸し出す大家もいると思うけど」

「や、たしか住人専用です。アパートの住人以外は無断使用NGって釘さされたんで」

となると無断駐車か。絶賛不法侵入中の青児たちと五十歩百歩——とはいかなくても、記事にされかかった時の交渉材料にはなるかもしれない。

(よし、念のため証拠に一枚……って、あれ?)

アプリを撮影モードに切り替えようとして、ふと気がついた。コンクリートブロックの車輪止めの手前に、契約者名を示したネームプレートが立っている。

なんの気なしに拡大表示して、息が止まった。

——吾川。

「え」

「何か見えたのかな?」

なにかを察したように訊いてきた鳥栖青年に、かくかくしかじかと説明する。そして問題のネームプレートを映したスマホを見せると、

「なるほど。住人専用の駐車場を借りてるのなら、彼女もメゾン犬窪の住人なのかな」

そんな馬鹿な、と否定しようとして——できなかった。

ありえると思ってしまったからだ。

鳥辺野さんの話では、七年前に大手出版社を退社した吾川さんは、今なお無職同然の状態だという。そしてローンの支払いに困って分譲マンションを手放した挙句、引っ越し先に選んだのがこのメゾン犬窪なのだとしたら——。

（それに、よくよく考えてみれば）

そもそも吾川さんは二つのバラバラ殺人事件とこのアパートのつながりをどうやって知ったのだろう。まだ警察はおろか、巷（ちまた）では名探偵と噂される棘でさえ辿り着けていない情報なのに。

（警察や探偵も顔負けの調査能力なんてあるわけないし）

けれど、偶然、メゾン犬窪に引っ越した吾川さんが、近所に住んでいる誰かから聞いた話なのだとしたら納得がいく。

さらに気になるのは、吾川さんが隠し持っていた三枚の賃貸借契約書だ。

〈ちょちょっと、これ俺が数年前に書いたヤッじゃないですか！　こんなのどこで！〉

〈あ、あはは、見ちゃったんですね。あのほら、そこは取材源の秘匿義務ってことで〉

笑って誤魔化していたけれど、あれは本当に取材で入手したものだったのだろうか。

もしも吾川さんがメゾン犬窪の入居者だとしたら、不動産屋を訪ねて〈賃貸借契約書を紛失してしまったのでコピーをください〉と頼むことも可能だろう。そして、なにかといい加減だったあの担当者が目を離した隙に、賃貸借契約書のファイルからスマホで隠し撮りしたのだとすれば――。

「あの、まさか201号室の二人を連れ去った犯人も吾川さんってことは――」

「いや、それはないな。彼女が分譲マンションを手放したのは去年の話だし、それに一昨日君と初めて会った時には、まだ妖怪の姿をしてなかったんだろ？」

なるほど、吾川さんが連れ去り犯なら人間の姿のままだったのはおかしいわけか。が、それよりも気になるのは――。

「……あの、さっきから何してるんですか？」

「ちょっと気になることがあってね。ただの考えすぎかもしれないけど」

と青児に応えた鳥栖青年は、アルミの柵から身を乗り出して、階下の101号室を覗きこんでいた。はて、干された布団の真似ではないと思うけれど。

「君がこの201号室に入居した時、真下の101号室には遮光ネットが張られてたって話だけど、どんな張られ方だったのかな」

どうやら先ほど駐車場で青児の言ったことを覚えていてくれたようだ。

〈そういえば、俺が入居してた頃は、101号室のベランダが真っ黒な遮光ネットで目隠しされてたんですよ。内覧の時ぎょっとしたんですけど、担当さんの話だと、六年前に設置した時は銀色だったのに、四年前から黒色に変わって急に物々しくなったって〉

さて、ではどんな張られ方をしていたかというと――。

「えーと、こう、舞台の緞帳みたいに垂直にぴんと張った感じで、二階のベランダの下にフックを取りつけて、そこから吊り下げてました。下の方は地面に接してる感じで」

「てことは、遮光ネットが張られてたのは、一階ベランダの柵の外側？」

「あ、はい、そうです」

訊かれて頷く。と、体を起こした鳥栖青年が、改めて青児に向き直ると、

「なるほど。となると、犯人のために用意されたものなのかもしれないな」

……はい？

「アルミは他の金属に比べて柔らかいから、傷や凹みができやすいんだよ。だから遮光ネットを張ることで、ロープで吊り下げた住人が一階のアルミ柵にぶつからないようにしたんじゃないかと思う。万が一、ロープをあやつる犯人の手元が狂ったり、吊り下げた住人が空中で暴れ出したりしても、遮光ネットが緩衝材になるように」

「ちょ、ちょっと待ってください」

思わず待ったをかけてしまった。

「その言い方だと、201号室から住人を連れ去るために、遮光ネットが用意されたように聞こえるんですけど」

「そう言ってるんだよ。君が不動産屋から聞いた話が本当なら、一階のベランダに遮光ネットが設置されたのは六年前――小吹陽太が201号室から失踪した年だ」

見えない手で胸を押されたように息が止まった。

もしも一人目の失踪者がベランダから運び出されるタイミングで、１０１号室に遮光ネットが張られたのなら——たしかに偶然と呼ぶにはあまりにできすぎている。

「そして、その遮光ネットが銀色から黒色に変わったのが、四年前——峰羽矢人が失踪した年なんだよ。加えて峰羽矢人は、二階のベランダから吊り下げられる際に前歯を破損してる。つまり顔面に出血があって、その血液が遮光ネットに付着した可能性があるわけだ。そして、そのために遮光ネットの交換が必要になったとすれば——」

ぞっと背筋が冷えるのがわかった。

もしも犯行の痕跡を消すために血痕のついた遮光ネットを処分したのだとすれば、あからさまな証拠隠滅だ。

「あの、じゃあ、まさか……この下の１０１号室の住人も共犯者だってことですか？」

「その可能性もあると思う。ちなみに住人の姿を見たことは？」

「いえ、あの、下から物音はときどき聞こえてきましたけど、引っ越しの挨拶とかもしなかったんで、男か女かも全然」

「……だろうね」

と返した鳥栖青年は、しばらく考えこむように親指の腹で唇をなぞると、

「まさかとは思うけど、念のため確認してみようか」

そんな呟きと共にベランダを後にした。慌てて鳥栖青年を追って２０１号室の室内に戻ると、押し入れの前で立ち止まった後ろ姿があって、

「まさか、また中に入ることになるとはね」

小声でぼやきつつ戸襖を開いた鳥栖青年が、今度は下の段にもぐりこんでいった。と、四つん這いで床板を探ったらしい鳥栖青年の手元から、ベリベリッと破壊音が上がる。ガムテープでとめてあった何かを無理やり引きはがすような音だ。

「あの、大丈夫ですか……って、え？」

恐る恐る覗きこんで血の気がひいた。

薄いベニヤ板の張られた押し入れの床板に、四角い穴があったからだ。先ほど上段にあった天井点検口とよく似た、しかし本来はあるはずのない穴が。

「古い木造アパートの場合、一階と二階のはざまに隙間が存在することがあるんだよ。天井裏と違って、せいぜい這いつくばって匍匐前進できるぐらいの狭さだろうけど」

押し入れから這い出てきた鳥栖青年の手には、四角いベニヤ板があった。どうやらそれで問題の穴に蓋をして、ぱっと見わからないようにしてあったらしい。

「つまり101号室の押し入れの天井から一階と二階の隙間にもぐりこめば、そこから201号室の押し入れの床に穴をあけることもできるわけだ、こんな風に」

鳥栖青年の手にしたベニヤ板には、裏側にガムテープの痕があった。それも、何度となく剝がして、貼り直した痕が。つまり、押し入れに穴をあけた人物は、それだけの回数、201号室に侵入して、そのつどガムテープを貼り直していたことになる。

「……そ」

そんな、と言おうとして喉が詰まってしまった。あまりにぞっとしすぎて。

「何にせよ、探偵ごっこでどうにかできる範疇をこえたようだから、どうにかできそうな知り合いに連絡してみるよ」

君は中で休んでて、とつけ加えて、鳥栖青年の姿がベランダに移動した。ガラス戸の向こうでスマホを耳に押し当てているのが見える。

と、ようやく青児も我に返って、

（そうだ、俺も皓さんに報告しないと）

あたふたと皓少年の電話番号を選んで発信ボタンをタップする。が、しばらくすると呼び出し音が途切れて、留守電の応答メッセージに切り替わってしまった。

（まさか皓さんか紅子さんになにか）

ふと嫌な想像がよぎって、落ち着け、と自分自身に言い聞かせる。皓少年は紅子さんと安全な場所にいるはずだ。そもそも今青児のいるこの部屋だって危険な場所だったのはあくまで過去のことなのだから。

（もしも１０１号室に共犯者が住んでいたとしても、今空き部屋になってるってことは、よそに引っ越したってことだもんな）

なにせ２０１号室は、立て続けに起こった失踪騒ぎにブチ切れた大家さんが入居申込を受付停止にしてしまったのだ。いくら押し入れに出入り口の穴があいていても、次のターゲットを入居させることができなければ、犯人にとっては無用の長物だろう。

となると、もしも連れ去り犯がこの先も犯行を続けるつもりなら、メゾン犬窪と似たアパートを見つけて引っ越すより他ないはずで――。

（あれ？）

ふと、なにかがひっかかった。

（そんな引っ越し先、本当に見つかるんだろうか）

同じ条件の物件を探し出すのは、そうとう難しいように思える。入居審査・保証人不要。その上、天井裏に界壁のない欠陥アパートとなると、都内広しといえど、数えるほども――いや、おそらく他に一軒もないのではないか。

もしも、と考える。同じ条件の部屋が存在するとしたら、よそのアパートではなくて、このメゾン犬窪の中にあるのではないか。

（たしか一階はぜんぶ同じ間取りだったはずで……けれどベランダの洗濯物を見た感じだと１０２号室には前と同じ人が住んでるみたいだから、となると残りは――）

１０３号室だ。考えてみれば、青児が夜逃げした当時、１０３号室は空き部屋だったはずで、となると１０１号室からの引っ越しも可能だったことになる。

ごくり、と喉を鳴らして唾を呑みこむ。まさかそんな、と頭から否定してかかろうとする理性をなだめすかして、スマホの写真フォルダを開いた。

そして、先ほど駐車場で撮影したメゾン犬窪の全景写真を表示して――かつての１０１号室とそっくり同じに、１０３号室のベランダにアルミ製のサンシェードが張られているのに気づいた瞬間、衝撃で心臓が止まりそうになった。

(てことは、まさか今度は、その上の203号室の住人が次のターゲットってことに)

不安に駆られるまま、写真に視線を走らせる。どうか空き部屋でありますように、という願いもむなしく、203号室のガラス戸にカーテンがかかっていた。入居済みだ。

となると、気がかりなのは——。

(吾川さんが入居したのは、一体どの部屋なんだろうか?)

もしも入居先が203号室だとしたら、連れ去り犯の次のターゲットは吾川さんということになってしまう。

「あの、すみません、鳥栖さん。ちょっと外に出てきます」

居ても立ってもいられずに——しかし今もベランダで通話をしている鳥栖青年の邪魔をしないよう、ぺこっと頭を下げて口パクで伝えつつ玄関ドアをくぐった。

(とりあえず外から様子をうかがってみて、すぐに引き返そう)

寒々と冷えきった外廊下を少し進むと、やがて202号室にさしかかった。

念のため様子をうかがってみる。玄関ドア横の表札プレートは空白のまま。留守中なのか、台所の小窓には灯りもなく、入居者につながる手がかりは見つからなそうだ。

そして——ついに203号室の前に着いた。

こちらも表札は見当たらない。が、台所の小窓からぼんやりと光がもれている。在宅中だろうか。すり足で近づくと、レース生地のカフェカーテンが吊るされているのが見えた。そこに小さな影が映りこんでいるのを見てぎょっとする。

ぬいぐるみだ。それも吾川さんの軽自動車のルームミラーにぶら下がっていたキーホルダーとそっくり同じ、テディベアの。

(まさか本当に吾川さんが――)

と戦慄したその時、ふと脳裏に閃くものがあった。

(もしかして順序が逆だったんじゃないだろうか)

これまで青児は、吾川さんが二つのバラバラ殺人事件にまつわる情報――犯人と目される人物二人が、同じアパートの同じ部屋に入居して、立て続けに失踪した件――を入手できたのは、偶然メゾン犬窪に引っ越したせいだと思っていた。

が、もしかすると、もともと吾川さんに情報を売りこんだ誰かがいたんじゃないだろうか。結果、ちょうど分譲マンションを売ろうとしていた吾川さんが潜入取材のつもりでメゾン犬窪に入居する。けれど、その誰かの目的は、実は203号室に吾川さんを誘いこむことで、それこそが201号室の入居者二人を連れ去った犯人だとしたら――。

次にこのアパートから失踪するのは、吾川さんということになる。

(と、とにかく早いところ警告しないと！　いやけど吾川さんは、俺のことを皓さんに洗脳された悪の手先だと思いこんでるし)

ほとほと困りはてた青児が、うんうん頭を抱えてうなり出した時だった。

カチン、と音がして。

なんの前触れもなくドアが開いた。まるでひとりでに錠が外れたかのように。さっと廊下に差しこんだ光とともに、黒い靄のようなものが胸に広がるのを感じる。

胸騒ぎだ。

ドアノブをつかんで引いた。途端、むわっと鼻をつく悪臭がする。

そして、徐々に露わになったコンクリート敷きの靴脱ぎ場の向こう、蛍光灯の光に浮かび上がった光景が見えた。

——地獄が。

一見した印象はゴミ捨て場だった。空になったペットボトルや缶ビン類、コンビニ食品のプラゴミが、都指定のゴミ袋につめられて、２０２号室側の壁際に積まれている。ただ一点、カーテンレールにかかったスーツの上下だけが、場違いな存在感を放っていた。持ち主にはややオーバーサイズ気味の、一昨日、青児たちのもとを訪ねた吾川さんが着ていたものだ。

気がつくと青児は、土足のまま板の間に立っていた。

足元には、先の尖った刺身包丁が転がっている。粘り気のある血糊でぎとぎとに光る刃は、血まみれになった青魚の死骸に似ていた。そして、その先に——。

死体があった。

トイレの引き戸に寄りかかるようにして座りこみ、板の間に手足を投げ出しながら。おびただしい血で汚れた長袖カットソーとズボンは、まるで吐血した後にも見えた。

けれど、その血が口から噴き出したものでないことは一目でわかる。

首がないからだ。

引き戸一面、半分近くを赤黒く変色させたその血の源は、胴体と首の切断面だった。

「……っ」

塊になった悲鳴が喉につかえる。同時に、背後でうめき声が上がった。

振り向くと、どうやら通話を切り上げて青児を追ってきたらしい鳥栖青年が、靴脱ぎ場で崩れ落ちたところだった。

「鳥栖さ——」

と青児が呼びかけるよりも先に、前のめりに倒れた鳥栖青年の向こうから、スタンガンらしきものを手にした誰かが現れた。

犬の化け物だった。

先の尖った鼻に、墨で刷いたように黒々とした双眸、白っぽい着物をまとったその姿は、三年前の深夜、台所の小窓から目にした姿とまったく同じに見える。

が、瞬きをした一瞬で、その姿は年配の男性のものへと変わった。

五十代半ばだろうか。白髪まじりの髪に黒縁眼鏡。灰色のスーツの下にベストを着こんで白手袋をしている。膜がかかったように虚ろな目は、ひどく生気を欠いているように見えた。

老いている。

いや、違う。もっと相応しい言葉があった。

——疲れている。

「あの……俺が住んでた頃にお隣同士だった、202号室の人ですよね？」

震える声で訊ねると、不意をつかれたように男性の動きが止まった。その隙に刺身包丁を拾い上げ、刃先をかざして牽制しながら後ずさりする。

耳によみがえったのは、先ほど鳥栖青年と交わしたやりとりだった。

〈君が入居してた頃、隣はどんな人だった？〉

〈あの、実は一度も顔をあわせたことがなくて。ただ、よく男物のワイシャツなんかが干してあったんで、サラリーマンかなって思ってたんですけど——〉

〈ど？〉

〈それが一日おきぐらいにいる日といない日があって。いない日は本当に一日中いないんですけど、なのに朝起きるといるというか、いつ帰宅してるかもわからない感じで〉

〈たぶん、その人の職業がわかったと思うんだけど——タクシー運転手だよ〉

一見、サラリーマンにも見えるスーツの上下にワイシャツ、加えてベストと白手袋という組み合わせは、タクシー業界では定番の制服なのだそうだ。

〈さらに言えば、出勤日のことを出番って呼ぶんだけど、早朝に出庫して深夜に帰庫するから、基本一日おきになるんだよ。終電がなくなった後が稼ぎ時だから、仕事が終わるのは深夜の二時過ぎになるんじゃないかな〉

今になって思い当たったことがある。

三年前――台所の小窓から覗く犬の化け物の姿を目にしたあの時、時刻はちょうど深夜の二時過ぎだった。あれは今目の前にいる男性が、仕事を終えて202号室に帰宅した姿だったのではないだろうか。

だとしたら、202号室に帰宅した彼の耳には「早く外に出ろ」と青児をどやしつける峰青年の声が丸聞こえだったことになる。そして先ほど鳥栖青年が推測した通りに、当時の峰青年が監禁場所から逃げてきた矢先だったのだとすれば――。

(連れ去り犯としては気が気じゃないというか、どうにかして聞き耳を立てようとするんじゃないだろうか)

その結果、天井裏伝いに202号室から201号室に侵入したのだとしたら――峰青年が恐怖に怯えて逃げ出した理由は、幽霊でもなんでもなく、押し入れの隙間から覗くこの男性の姿が、ガラス戸に映りこんでいたためだったのではないか。

と、ガチャ、と金属音がした。

靴脱ぎ場に立った男性が、内側から玄関に鍵をかけたのだ。そして、うつ伏せに倒れた鳥栖青年をまたいで板の間に上がりこむと、

「遠野さん、ですよね。須永と言います。ご挨拶するのは初めてかと思うんですが」

もともと口下手なのがわかる話し方だった。

けれど、その目には青児の握りしめた包丁も、それどころか青児自身さえも、なにひ

とつ映っていないように見えた。あるいは目と鼻の先にある首なし死体さえ。

また、どこか遠くで犬が鳴いた。

一声、二声、長く尾を引いて。こだまするように。

そして須永と名乗った男性は、ゆっくりと青児に向き直って、

「こうするように頼まれましたので、少し話をさせてください。その後でアナタに決めて欲しいことがあります」

＊

母が父を焼き殺したのは、須永了悟（りょうご）が小学生の頃だった。

物心ついた頃から、父が一方的に母を殴ることを両親は〈喧嘩（けんか）〉と呼んでいて、殴る蹴（け）るは無論、髪の毛をつかんで引きずり回したり、ライターの火で手足を炙（あぶ）ったりすることも、あの家では日常茶飯事だった。

当初、火災の原因は泥酔した父の寝煙草とされていた。けれど、父が数年前から禁煙していたのは周知の事実で、火災の原因となった煙草は、その前日に母が了悟に買いに行かせたものだった。火を放った犯人は母だったのだ。

児童養護施設に入所し、中学卒業と同時に就職した了悟は、いくつかの職業を転々とした後、乗務員の募集広告をきっかけにタクシー運転手になった。仲間うちでは真面目

一辺倒で通っていたけれど、真面目ならもうかる仕事でもない。それでも十年後には個人タクシーの開業資格をえて独立することが叶った。

だからきっと自分の人生は、車の中で終わるのだと思ってきた。恋愛、結婚、家庭というものは他人事にしか思えなかったし、妻がいて、子供のいる家というものが、自分に相応しい場所とも思えなかったから。

ただ働いて、働き続けて、そして自分一人きりの居場所であるこの車を棺桶にして、いつかあの世に行くのだと。

そんなある日、常連客の一人である資産家の老婦人から〈孫の通院のために送迎して欲しい〉という依頼があった。話し好きな老婦人によると——幼い頃に事故で早世した両親にかわって祖父母のもとで育てられたその少年は、もともとエスカレーター式で大学まで進める有名私立学校に通っていたのだという。が、内向的な性格が災いして、素行の悪い同級生に目をつけられ、壮絶ないじめを経験したそうだ。

暴行、傷害、恐喝——隠した上履きを便器に突っこまれ、鞄はカッターナイフで八つ裂きにされた。二階の窓から飛び降りるよう命令され、その際に複雑骨折した右足は、今も動きがぎこちないままだ。

その後、学校側の決定によって、主犯格とみなされた少年は退学処分となった。が、それから二年経った今も、被害者である孫は祖父母宅の一室に閉じこもったまま、週に一度のクリニック通いが続いている。

数日に一度は部屋の外に出られるものの、具合の悪い時には一日中ぼーっと宙の一点を見つめて何事かブツブツ呟き続けているらしい。ベッドの上で膝を抱えて、耳を塞いで、ときおり発作的に手術痕の残った右足を血が滲むまでかきむしりながら。

似ているな、と了悟は思った。

——母に似ている。

一言、一言、口の中で慎重に噛み砕くようにして話す癖や、後部座席の隅に縮こまるように座った姿は、本当に自分はこの場所にいていいのか、つねに自問自答し続けているように見えた。生きているだけで周りに傷つけられる人間がいるとすれば、少年は間違いなくその一人だろう。

任意同行による警察の取調から帰宅した夜に首をくくってしまった母や、その死をきっかけに失語症を患って、回復した今も他人に語りかける言葉をもてずにいる自分と同じように。

ひょっとすると、と了悟は思う。

自分はタクシー運転手として生きたかったのではなく、タクシーの車両そのものになりたかったのではないか。車の付属物として。言葉をもたない何かとして。

他人とほとんど関わりを持たず、ある場所からある場所へと移動する、そんな他人の人生の隙間にだけ存在を赦(ゆる)された何かとして。

そうして自分を誤魔化している間だけ、赦せるような気がしていた。

言いつけに従って煙草を買いに行ったあの時、「ありがとう」と呟いた後に「ごめんなさい」と震える声でつけ加えた母に、なんの言葉もかけられなかった自分を。

言えなかった。

止められなかった。

――生きていて欲しかった。

だから。

「今までありがとうございました」

と頭を下げた少年が、「ごめんなさい」という呟きと共にタクシーの後部座席から降りた時、了悟はアクセルを踏んでその場から走り去ることができなかった。

それは、週に一度の通院が半年ほど続いた頃で、「クリニックは今日、臨時休診なんだそうです。なので、かわりにこの場所に向かってください」と少年の口にした住所に車を走らせた直後だった。

着いた先は、ある美容専門学校が建てたビルの前で、出入り口の自動ドアから数メートルの距離を置いて、自動販売機の陰にしゃがみこんだ少年は、放心したような表情で、じっとガラス扉を見つめていた。

肩がこわばるほどの強さで上着のポケットにしのばせた何かを握りしめながら。白く血の気の失せた指で煙草の箱を受けとった母と同じように。

その姿を見つめて了悟は思った。

できれば、ここにいるのは自分ではない誰かであって欲しかった。

顔に痣を浮かべた母と、その張本人である父と——自分ではない別の誰かがあの家にいれば、きっと母は父を焼き殺さずにすんだのだから。

けれど、どれほど強く願ったところで、そんな誰かは現れなかったのだ。

そして今、了悟の前には、壊れもののような、あるいはすでに壊れかけている少年がいて。あのガラス扉の向こうには、きっと彼にとってよくないものが存在しているのだ。

老婦人の話によれば、退学処分を受けた主犯格の少年は、今目の前にある美容専門学校に進学したという話だったのだから。

この場で、かつての自分が望んだもう一人の誰かになれるのは、了悟一人だけだ。

止めることができるのも。

——助けられるかもしれないのも。


「あの」

と了悟が声をかけたその時、混乱と動揺の表情で振り向いた少年の手には、鞘から抜かれたナイフが握られていた。人を殺すための凶器が。どうすればいいのか、なにを言えばいいのかもわからず、ただ了悟にできたのは、白手袋をはめたその手で刃先を握りしめることだけだった。

「殺すのはやめてください。アナタが人殺しになるのは嫌なので、それだけはやめてください、どうかお願いします」

震える喉で絞り出した言葉は、結局、一言も声にならなかったのかもしれない。

けれど、やがて少年の顔が潰れたようにくしゃっと歪んで、こらえきれない咳をする時みたいに泣き始めた。地面にうずくまって、吠えるように喉を震わせながら。泣きすぎて、しゃくりあげすぎて、まるで自分自身の涙に溺れているかのように。

手が、手が、ごめんなさい、と。

唇をわななかせる少年の手には、溢れる血で赤く染まった了悟の右手があって、その痛みが、温かさが、自分のものであることが、了悟には不思議で仕方なかった。

夢か、奇跡のように。

――止めることができた。

――助けることができた。

ようやくそう思うことができたのは、タクシーの後部座席に戻った少年が、「僕はもう大丈夫なので、病院で手当てを受けてください」とかすれ声で懇願した時で。

そして、ようやく了悟は、母の「ごめんなさい」を聞いたあの時、自分がどうすればよかったのかを教えてもらった気がした。

ただ手を握って、離さなければよかったのだ。

側にいて欲しいと。

――生きていて欲しいと。

たとえ人としてかける言葉をろくに持っていなかったとしても。

　そして了悟は、あの日つかめなかった手を、ようやく握りしめることができた。

　自分にも人として生きる意味があるのだとしたら、それはきっとこの時のためだったのだと考えながら。

　この先の人生をようやく人として生きていけるのだと。


　その三ヶ月後。

　吾川朋という記者によるいじめ事件の告発記事が、大手写真週刊誌に掲載された。主犯格の少年を退学処分にしたのは、地元の名士である政治家一家にこびた学校側による不当処分であり、いじめそのものが被害者側のでっちあげだったのだと。

　そして再び美容専門学校の前に立った少年は、主犯格の少年とよく似た別人をナイフで刺して重傷を負わせ、殺人未遂容疑で緊急逮捕されたのだった。

　助けられなかった
　止められなかった。

　結局、了悟が本当に助けたのは、三ヶ月前のあの日の後で、美容専門学校を辞めたというういじめ主犯格の少年——小吹陽太という加害者だったのだ。

＊

声は、まるで独り言の延長のように聞こえた。

たしかに青児に向けて話しているはずなのに、遠くを見る眼差しは、どこか別の場所に向けられているように感じられる。あるいは、ここにはいない別の誰かに。

「事件のニュースを知った時、どうして犯罪者として捕まったのが小吹陽太という少年じゃなかったのか、と思いました。コイツこそが本当の加害者、人殺しになればいいと。たとえこの先、いじめ加害者として糾弾されたとしても、それでも犯罪者にはなりませんから。この事件は誰が悪いのか、なぜそれが起こったのか。そう考えた時に、その答えとなる人物が、犯人とは別の誰かであることもあるんです。そして、その人物こそが真の悪人なのだと思います。たとえ司法が彼らを裁かなくても」

ゆっくり息を吐き出した須永さんは「だから」と言葉を続けて、

「だから法で裁かれる犯罪者に――バラバラ殺人事件の犯人になってもらったんです」

どんな顔で受け止めればいいかわからず、青児はただ口をつぐむことしかできなかった。対する須永さんは、茫洋(ぼうよう)とした、心がここにないように聞こえる声で。

「小吹陽太は、当時、複数の金融会社に借金があって、失踪先を探していました。大家さんの親類を装って〈家賃タダで事故物件に住むアルバイト〉として、メゾン犬窪の2

01号室を紹介したら、一も二もなく飛びつきましたよ。そして私は、隣の202号室に住んで、頃合いを見て部屋から連れ去った小吹陽太をある場所に運びこんだんです」

「あ、ある場所って——」

思わず訊ねる。が、須永さんはただ首を横にふって、

「その後のことはわかりません。が、結果として小吹陽太は、バラバラ殺人事件の犯人として警察に罪を自供し、拘置所の中で自殺しました。私にはそれだけで充分です」

喉を絞めつけられるような感覚があった。

けれど、張りつめた空気に耐えきれず、息継ぎをするように口を開いて、

「……峰羽矢人さんは、なんで」

「彼も小吹陽太と同じだったようです。七年前に起こった通り魔事件の原因——本当の悪人は彼だったと聞いています。私と同じように、どうして人を殺したのがコイツじゃなかったのか、と考えた誰かがいたのだと。だから彼もメゾン犬窪に誘いこんで連れ去りました。小吹陽太と同じ201号室から」

必死に頭で嚙み砕きながら、ごくり、と唾を呑みこんだ。

では、須永さんによる二度目の連れ去りが起こった後、何も知らずに入居したのが青児というわけで、となると三年前の深夜二時頃、201号室に現れた峰青年は——。

「あの、三年前、峰羽矢人さんと会ってるんですが、じゃあ、あれは——」

「一度、監禁場所から逃げ出したそうです。ただ、連絡を受けて202号室に帰宅した

ところ、アナタを怒鳴りつける峰羽矢人の声が聞こえまして。しばらく様子をうかがった後、しかるべき連絡先に彼の居場所を報せました」

では、あれから監禁場所に連れ戻されたのか。

それから三年間、殺人事件の犯人として自殺させられるまでの間、監禁され続けてきたのだとしたら——まさに生き地獄だ。

「……吾川さんが殺されたのは、あの記事のせいだったんですか？」

「ええ。専門学校前で起きた傷害事件のきっかけは、たしかに彼女の記事でしたから。彼女に記者としての矜持がわずかでもあれば起こりえなかった事件です」

脳裏によみがえったのは、電話越しに聞いた鳥辺野さんの声だった。

〈ある学校で起きたいじめ問題について、被害者側のでっちあげを告発する記事だったんですが、取材の杜撰さが露呈したというか、一方の当事者の言い分を鵜呑みにして反対取材を一切行わなかったみたいです〉

そう、七年前に起こった誤報騒ぎこそが、須永さんの言う事件のきっかけだったのだろう。事実無根の〈真実〉を頭から信じこんだ吾川さんが、いじめの被害者側を——地元の名士だったという資産家の祖父母を糾弾する記事を書いたのだ。青児たちの時と同じに、ろくに裏付け取材を行わないままに。

（取材不足をみとめた出版社が、訂正記事と謝罪文をのせたって言ってたけど）

ようやく汚名がすすがれたその時、まだ事件に関心を持っている人間はどのぐらいいたのだろうか。

と、そんな青児の物思いを打ち破って、

「吾川朋という記者について、アナタに決めて欲しいことがあります」

と須永さんが切り出した。

が、直後に聞こえてきたのは、耳を疑うような、信じられない言葉だったのだ。

「彼女を殺した犯人を決めてください、アナタか、私か」

え、と喉から息が抜けた。

何を言われたのかまったく理解できなかった。それを察したらしい須永さんが、根気よく物分かりの悪い子供に言い聞かせる教師の口ぶりで、

「もしもアナタがその包丁で私を刺せば、その時点で彼女を殺した犯人はアナタになります。これからこのアパートは、彼女の遺体ごと火災によって全焼する予定ですから、焼け跡から彼女と私、そしてあちらに倒れている少年の遺体が発見されるわけです。そして生き残ったアナタは、私たち三人を殺した犯人として警察に自首し、拘置所で自殺することになります」

同じだ、と思った。小吹陽太と峰羽矢人――失踪に見せかけて201号室から連れ去られたあげく、バラバラ殺人事件の犯人に仕立て上げられた二人と。

けれど、と青児は反論した。嚙み合わない奥歯に必死に力をこめながら。

「そ、そんな嘘は警察が調べればすぐに」

「いいえ。彼女を殺した凶器――今アナタが握っている刺身包丁には、すでにその手袋の痕がついています。そして、その内側からアナタの指紋が検出されるわけです。現場に残されたアナタの足跡も。物理的な証拠はないわけではないんですよ」

背中に冷たい汗が噴き出すのがわかった。呼吸が荒くなるのを抑えられない。なのに須永さんは、何かの説明書きを読み上げるように。

「吾川朋という記者がアナタの周りを嗅ぎ回っていたのは、すでに周知の事実です。元同級生、元バイト仲間、過去のアナタを知る人々に片っ端からコンタクトをとって思わせぶりな取材をくり返していたわけですから。すでに彼らの間では〈遠野青児は何かヤバイことをやって記者に追われてるらしい〉と噂になっているようですよ。それに激昂したアナタが直談判のために彼女のもとに押しかけ、口論の末に殺害した。こんな筋書きが通じるかどうかはわかりませんが、少なくとも殺害動機にはなりえると思います」

もしも、と須永さんが続けた。

「アナタが私を刺すことを拒否すれば、焼死体として発見されるのはアナタを含めた三人になります。つまり犯人として自首するのは、アナタではなく私になるわけです」

わからない、と思った。

頭の中がぐちゃぐちゃになって、ろくに考えられそうもない。なにひとつわからないまま、もうたくさんだ、と叫び出したくなっている。

けれど、それでもどうにか声をふり絞って、

「もしも……もしも俺が、どちらも選ばずに逃げ出したとしたら」

「その時は、西條皓という少年がアナタのかわりに死ぬことになります」

声に心臓を握り潰された気がした。直後、はらわたからわき出したどす黒いなにかは、恐怖のせいか、あるいは怒りのせいか。

気がつくと青児は、自分でも驚くほど強い眼差しで須永さんをにらみつけていた。けれど、それを言葉にしてぶつけるよりも先に——。

「では、今から一分以内に決めてください」

声がした。追い打ちをかけるように。

考えろ、と自分自身に言い聞かせる。どうする。どうすればいい。

(けれど選ぶもくそも、須永さんを刺すか刺さないかの二択なんて)

直後に気づいた。もしかすると三つ目の選択肢があるのかもしれない。

〈——3〉

残された時間は少ない。すでにカウントダウンは始まっている。

深く息を吸いこんで覚悟を固めた。

〈——2〉

「決めました。俺はこうします」

肺から絞り出すように言って、包丁の柄をきつく握りしめる。奥歯を嚙みしめると、一歩前に出て目を閉じた。

〈――1〉

そして青児は、包丁の刃先を自分自身に向けて思いきり突き立てた。ダウンジャケットの布地を貫通した刃先が、その下に深々ともぐりこむ。ぐう、と喉からうめき声がもれた。腹部に突き立てられた包丁の、その裂け目をおさえた指の隙間から液体がこぼれ、びちゃり、と床板の上で跳ねた。

歯を食いしばって顔を上げた。自殺という選択肢は想定外だったのか、茫然と固まった須永さんは、食い入るような目で青児を見つめている。

――だから。

聞こえているはずだ、と信じて、叫んだ。

「鳥栖さんっ！」

直後、数メートル先の靴脱ぎ場からじりじりと距離をつめていた鳥栖青年が、跳ねるように立ち上がって須永さんの背中に飛びかかった。

＊

かくして。

抵抗らしい抵抗も見せないまま、須永さんは御用となった。鳥栖青年のタックルをうけて腹這いの姿勢で倒れた須永さんは、直後の絞め技によって意識を手放したようだ。

そうして一瞬の混乱がすぎ去った後。

「なるほどね。とっさによく思いついたな、と思うよ」

と鳥栖青年が指さした先には、ダウンジャケットの腹部にでかでかと茶色の染みを広げた青児の姿があった。もっとも染みの正体は血液ではなくてコーヒーだけれど。

「いや、本気でこれしか思いつかなかったというか、ダウンジャケットの上からペットボトルコーヒーを包丁でグサッとやれば、それっぽい感じになるかなと」

幸運だったのは、鳥栖青年から渡された——いや、どすっと太腿に投げ落とされたコーヒーをダウンジャケットの内ポケットにしまっていたことと、缶ではなくペットボトルだったことだ。もしもスチール缶だったら、うっかり刺身包丁の刃先がつるっと滑ってグサッと刺さっていたかもしれない。

と、須永さんの上着を探った鳥栖青年が、黒い箱状の物体を取り出した。ボタンを押すと、ジジジ、と音がして火花が散る。以前、廃病院で白水青年が振り回していたものと比べると、威力そのものは弱そうだけれど、正真正銘のスタンガンだ。

「あの、俺は鳥栖さんがあっさり気絶した時点でフリなのかなって思ってたんですけど、やっぱり気絶してなかったんですか？　けどスタンガンは本物ですよね？」

「本来スタンガンっていうのは、違法改造したりしなければ、成人男性を一撃で気絶させるほどの威力はないんだよ……それに、どうも手加減された節があってね」

「え、なんで」

と訊こうとして気がついた。そういえば須永さん、鳥栖さんのこと〈あちらに倒れている少年〉って呼んでたもんな。

「それでも、やっぱり一瞬、意識が飛びかけてね。それをどうにかこらえて、じりじり距離をつめながら飛びかかるタイミングをはかってたわけだ」

なるほど、と頷く。

そうして気絶したフリをしながら、後ろ手に回した片手の指を三本立てて「3、2、1」と青児に向かってカウントダウンしてみせたわけだ。おそらくはパニックを起こした青児が、うっかり須永さんを刺してしまう事態をふせぐために。

「いや、君は、何があっても絶対に刺さなかったと思うよ」

青児の視線に気づいたらしい鳥栖青年が、なにげない口ぶりでそう言った。表情も変えずに、そっけない口調のままで。

「君は、考えるのが苦手なようでいて、最後の最後まで考えることそのものはやめないからね。そういう人間は殺せないんだよ、他人も、自分も」

「……ですか」

鼻の奥がつんとして、少し泣きそうになってしまった。

自分自身ですら覚束(おぼつか)ないものをあると信じてくれる人がいる。そう思うだけで、胸の奥にあたたかな感覚が広がっていくのを感じる。

ここにいるのが今のこの自分でよかったとようやく思うことができた気がして。

(けれど、須永さんは……それに、この部屋で殺された吾川さんも)

ふと息を吐いて青児は室内を見回した。どこもかしこもゴミだらけで、どうやら吾川さんの遺体を燃やすのに使う予定だったらしい灯油のポリタンクも、ゴミ袋の山に埋もれている。そのすべてが押し潰された感情の塊にも見えて、この場所で暮らしていた吾川さんのことを思うと、胸に重い塊がつかえる気がした。

と、鳥栖青年が首無し死体の傍らに膝をついて、

「……なんだか変だな」

「え、何がですか?」

「死体の硬直は、およそ死後二時間ほどで、まず顎関節から始まって、肩や肘に広がっていくんだけど、今のこの状態だと死後二時間以内ってことになる」

「あの、それって、なにか変なんでしょうか?」

「須永さんの帰宅したタイミングだよ」

はて、どういう意味だ。首をひねっていると、靴脱ぎ場からスマホを拾い上げた鳥栖青年が、フォルダから一枚の写真を表示した。

撮影場所は、おそらく201号室のベランダだ。柵の向こうに広がった駐車場に一台のタクシーが停まっている。ルーフの上には〈個人〉の表示灯。そして、運転席のドアから半身を覗かせた、その人物は——。

「ベランダで通話している最中に須永さんが帰ってきてね。不法侵入で通報されるわけにもいかないから、写真を一枚だけ撮って慌てて室内に戻ったわけだけど、そしたら君がいなくなってて」

「め、面目ないです」

ちょっと外に出てきます、と口パクで伝えたつもりだったのだが、そもそも鳥栖青年は気づいてすらいなかったようだ。

（てことは、俺を捜しに廊下に出て、203号室に辿り着いたところで駐車場からのぼってきた須永さんに背後からビリッと……って、あれ？）

――おかしい。

不吉な予感にかられて、スマホの写真フォルダを開いた。駐車場で撮影した写真の撮影時間を確認する。午後五時三分。そして現在の時刻は――午後七時四十八分だ。

「え、あの、この写真を撮った時って、駐車場に停まってた車は吾川さんの軽自動車だけでしたよね？　で、その二時間後くらいに須永さんが帰宅したってなると」

もしも吾川さんが殺害されたと考えられる午後五時から七時までの二時間、このアパートに須永さんが存在しなかったのだとしたら、不在証明（アリバイ）が成立していることになる。

「……そんな」

頭では理解できたけれど、心が受け入れることを拒否している。

なにせ須永さん自身が罪を告白しているのだ。何より、姿が〈犬神〉に変わっている以上、何らかの罪を犯しているのは間違いないわけで——。

そんなことを考えつつ吾川さんの首無し死体に目をやった時だった。

「——え」

瞬きをした一瞬後、視界に飛びこんできた光景に心臓がはねた。

——白い獣の手。

吾川さんの首無し死体が妖怪の姿に変わっているのだ。それも須永さんの姿とそっくり同じ、白っぽい毛並をした犬の化け物に。

（いや、そんな、一昨日会った時は、確かに人間の姿をしてたのに）

それに、と思う。

どうして吾川さんが須永さんと同じ〈犬神〉の姿になるのだろう。状況的に考えて、吾川さんを殺したのは須永さんのはずなのに。

（……あれ？）

突如、頭の中に閃いたことがあった。理屈というよりは直感だ。なにか途轍もなく大きな見落としをしているような。

そして耳によみがえったのは、先ほどの須永さんの言葉だった。

〈彼女を殺した犯人を決めてください、アナタか、私か〉

考えてみれば、須永さんは201号室の入居者二人を連れ去ったことは認めたけれど、自分が吾川さんを殺した犯人だとは一度も口にしていないのではないだろうか。

それに加えて。

(須永さんは本当に犬神だったんだろうか？)

耳によみがえったのは〈犬神〉についてレクチャーする皓少年の声だ。

〈なるほど、たしかにそれは犬神であって犬神じゃないですねえ。『化け物づくし』を紐といてみると、青児さんにも答えがわかるかと思います〉

そうだ、たしかに皓少年は、青児の目にした化け物が〈犬神〉だとは言わなかった。

慌ててブラウザアプリを立ち上げる。検索バーに〈化け物づくし〉と〈犬神〉のキーワードを入力すると、やがて一枚の画像に辿りついた。

どうやら絵巻の一部を撮影したものらしい。坐して向かいあう二匹の犬。小道具として手習いに用いられる冊子が描かれているのもあって寺小屋を思わせる光景だ。

けれど。

「え、は？」

と声が出た。

その二匹の犬に見覚えがあったからだ。

左の一匹――法衣姿で扇子を手にした犬は、以前、皓少年の講義で目にした〈百怪図巻〉の犬神によく似ている。そして右の、もう一匹は――。

(――まさか)

どくん、と心臓の鼓動が鳴った。

黒々とした鼻に、つぶらな目。白っぽい着物をまとったその子犬の姿は、須永さんや吾川さんが変化した〈犬の化け物〉とそっくり同じだったのだ。そして流れるような筆跡で添えられた、その名前は――。

〈白ちこ〉

犬神じゃない、と理解した途端、どっと冷や汗が噴き出すのがわかった。検索バーに〈白ちこ〉と打ちこんで、表示されたページを流し読みする。

焦っているせいで読み落としたかもしれないけれど、〈白児〉と書くその妖怪に伝承の類は存在していないらしい。

ただ〈犬神の家来・家人〉や〈犬神の従えている存在〉という説明書きを目にする度、脳裏に警報ランプが点るのがわかった。

つまり白児とは犬神に従う存在なのだ。

（もしも二人が、犬神じゃなく白児の姿をしていることに意味があるとしたら）

事件の黒幕と呼べる存在が――〈犬神〉の姿をした誰かが別にいるのではないか。

考えてみれば、須永さんが制服姿でタクシーに乗って帰宅したということは、今日は出勤日にあたるはずで、本来の帰宅時刻は深夜二時頃だったことになる。なのに、まるで青児たちの来訪を察したようなタイミングで帰宅したのは――誰かが須永さんを仕事先から呼び戻したからではないだろうか。

「……そんな」

息がつまった。体が動かないまま、思考だけがものすごい速さで空回りしていく。

震える指をスマホの画面に滑らせた青児は、あらかじめ皓少年との間で取り決めてあった番号に発信した。ほとんどワンコールでつながったのは、さすがとしか言いようがない。


――が。

「あの、もしもし、今――」


息せき切って口を開こうとした、その直後に。

ぎしり、と空気が歪んだ。

言葉を続けようとした喉が、次の一瞬で収縮する。

目があったからだ。

押し入れの、細く開いた戸襖の隙間から覗く一対の目。鼻の頭に皺を寄せ、めくれ上がった上唇の隙間から、ぬらぬらと光る牙を剝き出しにした〈犬神〉の貌が。

どこかで犬の遠吠えがする。

一声、二声、哀しげに、淋しげに尾を引きながら。

そして顔が二つに裂けるほど口の両端を吊り上げた化け物が、ニィ、と声もなく嗤った瞬間、青児は理解した。このアパートを訪れたこと自体、取り返しのつかない間違いだったのだと。

その直後、暗闇に意識を呑みこまれた青児は、いつか聞いた吾川さんの声が耳の奥によみがえるのを感じた。

——犬に喰われて死んじまえ。

第二怪　犬神・裏

夜になるまでには帰るつもりだった。

けれど、駐車場に停めた車を降りて、整然と並んだ墓石の群れに足を踏み入れた途端、急に辺りの薄暗さが増した気がした。

思わず足を止めると、革靴の踵で枯れ葉の崩れる音が鳴る。ちらり、と腕時計に視線を落として再び歩き出した凜堂棘は、やがて並んだ墓石の一つに靴先を向けた。

正面から向きあった御影石には〈不破家之墓〉と刻まれている。

墓石の両脇にそなえつけられた花筒には、みずみずしい生花が供えられ、辺りには焼香の残り香があった。

十二月十八日。午後四時。

身内だけの参列だそうだが、四十九日の法要と共に納骨式を終えた人々は、すでに会食をすませて霊園を後にしているはずだ。

今はただ、物言わぬ墓石と——その下の納骨室におさめられた死者の骨があるだけだ。もっとも骨壺におさめられたのは、首から下だけのはずだが。

スーツの内ポケットに手をのばすと、指先で探りあてたそれを供物台にそなえようとして——思い直してやめた。

厭な気分だ、と胸中で吐き捨てる。

他に供え物の一つも用意はないが、もしも死者が今目の前に現れたら、舌打ちと共に突き返してくるだろうから。

だから――本当に厭な気分だ。

きつく唇を噛(か)んだ棘は、礼をするようにそっと帽子のつばに指を添えると、それきり踵を返して歩き出した。参道をさかのぼって駐車場へと向かう。

平日のせいか、他に停められた車の姿は見当たらない。数ヶ月前に納車されたばかりの愛車は、持ち主が近づくだけでロックが解除される仕組みだ。

左ハンドルの運転席に乗りこむと、ドアを閉めると同時に、待ちかまえていたように懐のガラケーが鳴った。荊(いばら)だ、と直感的に悟る。反射的に通話ボタンを押してから、〈無視を決めこむ〉という選択肢を捨ててしまったことに気づいて舌打ちした。

直後に声がした。白昼の亡霊じみた囁(ささや)き声で。

〈やあ、そろそろ霊園を出る頃かと思ってね。帰宅はいつ頃になりそうかな？〉

「……今日の予定を伝えた覚えはありませんが」

〈それぐらいわかるよ、お前のことなんか〉

――抜かせ。

無性に文句を言いたい気分ではあった。が、舌打ちをこらえて軽く息を吐くと、片手で前髪を後ろまで撫(な)でつけて、

「五時には事務所に着くと思いますが、わざわざ電話をかけてきた理由を訊(き)いても？」

なにせあの兄だ。温かな食事を用意して弟の帰りを待つ殊勝さなど望むべくもない。

時限式催眠ガスのタイマーを設定している最中だと言われた方がまだ納得できる。さすがに致死性はないと思いたいが。

〈べつに。どうせなら帰宅時間をあわせようかと思ってね〉

じゃあ、と一方的に通話を切ろうとした荊を「待て」と喉の奥でうめいて止めた。帰宅の二文字を口にしたのなら、荊は今まさに外出中ということになる——が。

「無断で事務所を空けるなと、出がけにさんざん釘を刺したはずですが」

〈そう、だから留守番を頼んだんだよ。無断で事務所を空けずにすむように〉

でしょうね、畜生。

いいわけあるか、と猛犬よろしく吠えたてたい衝動をこらえながら、棘は今度こそ盛大に舌打ちした。

(まさか篁公を呼びつけたんじゃないだろうな)

事務所二階のソファで典雅に足を組みながら留守番をする元平安貴族のイメージが脳裏に浮かんで、思わずこめかみを指で押さえた。比喩ではなく本気で頭痛がする。

一見、品行方正なようでいて、どこか根本的なところで信用の置けないあの男は、平安生まれのわりにやたらとIT機器の扱いに精通していた気がするが、はたしてデスク上に残してきたノートパソコンのセキュリティは無事だろうか。

肺の底から溜息を吐いて、ハンズフリーモードに切り替えた携帯をホルダーに固定した。シート越しに伝えるかすかなエンジンの振動とともに、滑らかに車体が走り出す。

普段よりも、ややヤケクソ気味な運転でハンドルを切ったところで、

〈ああ、そうだ。一つ伝えそびれたことがあって〉

「――まだなにか？」

声に警戒を滲ませて訊ねる。返ってきたのは、相変わらず亡霊じみた囁き声だった。

けれど声の底に不吉な笑いをひそませて。

〈実は、さっき半妖が保護者同伴で事務所にカチコミにやって来てね。留守番を押しつけてきたから、まだ事務所の中にいるんじゃないかな〉

車止めの段差にタイヤが乗り上げた。

＊

チン、と音をたててエレベーターが二階に到着した。

蛇腹の引き戸を開いてロフト状になった二階フロアへ足を踏み入れた棘の視界に飛びこんできたのは、一階から三階までの吹き抜けを占める膨大な蔵書の群れだった。

床から天井まで――実にビル三階分の高さのあるブックシェルフには、持ち主である荊の嗜好を反映して、多岐に亘る学術分野の洋書や、凝った装丁のほどこされた稀覯本が並んでいる。そして、その手前に広がった書斎風のスペースの、本来は完全紹介制の探偵事務所として依頼人のために用意されたソファセットに――。

「おや、ようやくお帰りですか。ずいぶん遅かったですね」

という声と共に振り向いたのは、白装束をまとった一人の少年だった。

西條皓――魔王・山本五郎左衛門(さんもとごろうざえもん)の跡取り息子として、半妖の身でありながら〈地獄堕(お)とし勝負〉に臨んだ敵対者であり、かつて煮え湯を呑(の)まされた因縁の相手だ。が、どっと疲れのこみ上げた棘は、そんな〈招かれざる客〉をただ邪魔臭そうに一瞥(いちべつ)して、

「兄弟喧嘩(げんか)の続きをしたいので、帰ってもらえると助かりますが」

「なかなか荒(すさ)んだ生活をしてますねえ」

誰のせいだ、と罵(のの)りたい衝動をこらえる。ずきずき痛み出したこめかみを押さえ、うんざりと息を吐きつつ、半妖の少年に向き直ると、

「はっ、まさか馬鹿犬の次は飼い主とはね。なんにせよ、それを迎える義務も理由もこちらには一切ありませんが」

「おや、僕たちもアナタのお兄様に留守番を押しつけられて閉口したんですが、ねぎらいの言葉ひとつないわけですか」

でしょうね畜生、と口の中で吐き捨てた。

――と。

「駄犬の姿が見えないのは、外で鎖につながれてるせいかな」

背後から囁き声がした。

室内の空気がすっと温度を下げたのがわかる。少年の顔から表情が抜け落ちたのも。

振り向くと、エレベーターの箱から現れたのは、ちょうど半妖の少年を反転させたような黒と白の人物だった。インヴァネスコートの黒。顔半分に火傷の痕を残しながらも屍蠟じみて滑らかな肌と髪の白。そして、長めの前髪の下から覗く左目だけが、花蜜にも似た琥珀色だった。双子の弟と同じように。

――荊だ。

と、心持ち顔をこわばらせた皓が、

「別行動の方が安全だと判断しましたので。それに僕が正直に答える理由はありませんね、とくにアナタには」

「なるほど、同感だよ」

ふ、と笑うように荊が息を吐いた。それきり興味を失ったように踵を返すと、

「退室するよ。邪魔するつもりはないから、どうぞごゆっくり」

待て、と呼びとめようとした棘をちらっと一瞥して、カン、カン、と踏み板を鳴らしながら螺旋階段をのぼっていく。どうやら三階に籠城するつもりのようだ。

「さて、盗聴器が仕掛けられてないといいんですがね」

ぼそりと皓のこぼした胡乱な呟きに、棘はピクンと片眉を跳ね上げた。

考えてみれば、いかにも荊らしいやり口だ。が、片割れの棘よりも先に気づいたとなると、根本的に二人の思考が似通っている可能性は――できれば考えたくなかった。

と、不意に。

「ご挨拶が遅れて申し訳ありません、紅子と申します。本日は、皓様の付き添いでお邪魔いたしました」

入れ違いで現れたのは、緋と黒の和装に身を包んだ黒髪の女性だった。

（なるほど、これが保護者か）

と棘は内心で呟いた。初対面ではない。過去に一度、他でもないこの場所で、棘は撃たれた左肩の応急処置を受けている。もっとも当時の記憶はおぼろげだが。

改めて見ると、二人の姿は姉弟のようによく似ていた。黒目をのぞけば、それこそ一卵性の双子か、鏡像のように。

ぞっとしないな、と胸の内で吐き捨てたところで、

「どうぞ、お持たせですが」

紅子と名乗った少女が差し出したのは、一階から運んできたらしいトレーだった。その上には、棘の分らしいコーヒーカップと、おそらく半妖のためのティーカップ、そして小皿に切り分けられたアップルパイが並んでいる。ご丁寧に二客とも来客用だ。

「……どうも」

客が手土産を勝手に出すな、とキッチンの無断使用について罵倒すべきか、仮にも一度救助された恩のある相手に紳士的な態度をつらぬくべきか悩んだ挙句、かろうじて後者を選んだ。渋々コーヒーカップを受けとって一口、二口すする。

と、なぜかじっと横顔を見つめる少女の視線に気づいて、

「……なにか？」

「お味はいかがでしょう。急性ヒ素中毒を起こす亜ヒ酸は無味無臭と聞きましたので」

むせた。

「冗談です」

警察を呼んで追い出そう。そうかたく心に決めた棘が、木製デスクの固定電話に歩み寄ろうとした時だった。

「不破さんの事件についてお話がありまして」

機先を制するように皓が言った。ソファの上で姿勢を正し、思いがけず真剣な目で。

それに応えた棘は、しばし眉をひそめて考えこむと、ぐいっと一息に飲み干したカップをソーサーごとテーブルの上に置いて、どかりとソファに腰を下ろした。紅茶とコーヒーほどに反りの合わない、かつての宿敵と向かい合いながら。

と、ティーカップの紅茶に口をつけた皓が、苦笑にも似た吐息をこぼすと、

「ふふ、平たく言えば、手の内をさらしに来たんです。つまるところ情報共有ですね」

「さて、部外者のアナタに、こちらにさらすほどの手札があるとも思えませんが」

「実は一昨日、吾川という記者が訪ねてきまして。小吹陽太と峰羽矢人の二人にある接点が浮上しました。加えて、そこから可能な限り調べ上げた情報もお伝えできればと」

声に応えて傍らに控えた少女が動いた。一歩進み出ると「どうぞご覧ください」と黒表紙で綴じられた書類の束をテーブルに置く。

疑わしい気持ちで目をすがめた棘は、しばらく無言でそれを見下ろしていたものの、やがてあきらめ顔で手に取って、

「……なるほど」

最後のページに目を通したところで、顎に手をあてて低くうなった。

「ここに書かれている通り、もしも彼らが何者かの手で連れ去られて監禁されていたのだとすれば、たしかに腑に落ちる点があります。解剖所見によると、両者の遺体には慢性的な栄養失調による内臓の萎縮がみとめられました。加えて峰羽矢人は、結腸からゴキブリの死骸が発見されています」

事件発生前の峰羽矢人の足取りには不明な点が多い。が、風体から鑑みてホームレスとして路上生活を送っていた可能性が高いと考えれば、事故としてゴキブリを丸呑みすることもありえるだろうと、さして注視されなかったわけだが――。

「なるほど、監禁状態に置かれた上で、最低限の食物と水を与えられながら、意図的にゴキブリを丸呑みさせられた可能性がある、と」

さらりと言ってのけた皓に、棘は内心で顔をしかめた。拷問と呼ぶにしても、あまりに低劣だ。が、それ以上に気に障るのは――。

「さて、そろそろ、アナタの思惑について訊きましょうか。具体的に言えば、そちらの見返りについてです」

と切り出した棘は、トン、トン、と人差し指の先を威嚇するように鳴らしながら、

「アナタ方のことですから、どうせ留守番中に事務所内を——中でも書類棚の調査資料を一通りガサ入れずみでしょう。となると先ほどの情報提供に対する見返りは、それ以外の何か、ということになります」

「ふふふ、さすがわかりが早くて助かりますねえ」

——抜かせ。

と口の中で罵ったその時、すっと皓の顔から表情が抜け落ちて、

「ここ一ヶ月半、外出を禁じられている間にインターネットサーフィンを嗜(たしな)んでみたんですが、その最中にこんな噂を目にしまして。実は五年前のバラバラ殺人事件の犯人こそが〈死を招(よ)ぶ探偵〉の最初の犠牲者だったのではないか、と」

棘の手がぴくりと動く。が、再びティーカップを傾けた皓は意に介さない様子で、

「まあ、それ自体は別に不思議でも何でもありませんね。五年前のバラバラ殺人事件は、凜堂探偵社の存在が公となった最初の事件ですし、拘置所で自死した小吹陽太の死にざまは〈地獄堕とし〉で葬られた悪人たちの末路と共通していますから。つまりは突発的な自殺や事故、心臓麻痺(まひ)などの突然死ですね。死の直前、見えない化け物に追われているように怯(おび)えていた点も含めて」

皓の言葉を嚙み砕きながら、棘はゆっくりと頷いた。

そう、同じだ。自殺する直前、取調官の目にひどく怯えたように映ったという小吹陽太や、見えない化け物に追われるようにトラックの前に飛び出したという峰羽矢人と。

「僕は小吹陽太と峰羽矢人の二人は〈地獄堕とし〉の犠牲者じゃないかと思っています。彼らは、他人の目には見えない〈化け物〉に襲われて、自ら命を絶ったのではないかと。となると、二つの事件の裏には人間以外の何者かがいることになりますね」

「つまるところ犯人は私だと？」

胡乱に目をすがめて訊ねた棘に、しかし皓は首を横にふった。

「いえ、もしもアナタの仕業なら、不破刑事と〈真犯人〉を探ろうとする動機がありませんから。もしも裁定に手落ちがあれば、下した罰はすべて裁定者の身に返る——それが閻魔庁の定めたルールである以上、地獄堕としが完遂された時点で、犯人は小吹陽太以外にありえなくなります」

と言って、ふふっと小さく笑うと、

「荊さんかもしれない、とも疑ってみたんですけどね。実はアナタも閻魔庁の依頼をうけた時、真っ先にその可能性を疑ったんじゃないでしょうか。死んだはずの荊さんが生きていて、事件の裏にいるのかもしれない、と。一も二もなく依頼を引き受けた動機は、その辺にあったんじゃないかと」

「……事務所荒らしの件で今から警察に通報しても？」

「ふふ、うっかり口が過ぎまして。けど、荊さんもありえませんね。あの人なら、むしろ自分の関わった事件からアナタを遠ざけようとするはずですから」

「さて、では一体誰だと？　妖怪を召喚できるのは魔王の血族——私と荊、そしてアナタの三人に限られます。消去法で考えるなら、アナタの仕業ということになりますが」

皓の返事には、深呼吸一回分の間があった。

目を閉じて、開く。そして意を決したように口を開いて、

「最上芽生――という人物について話を聞かせてください。五年前のバラバラ殺人事件で死体となって発見された被害者です」

と切り出した。棘としても、半ば予想していた通りに。

考えたのは一瞬だった。じろりと皓をにらんで立ち上がった棘は、足音をたててデスクに歩み寄ると、鍵つきの引き出しから一冊の書類ファイルを抜き出して、

「プリントアウトした調査資料です。本来、アナタに渡すいわれはありませんがね」

投げ捨てるようにテーブルに置いた。そして皓の対面に座り直しながら、

「最上芽生という人物について、一言で表せば〈誰でもない〉になります。身元不明という以前に、身元そのものが存在しなかったんですよ。年齢、職業、生い立ち――ひょっとすると名前さえも、未だに謎のままです」

五年前、〈バラバラ死体発見〉という第一報こそ新聞やテレビでセンセーショナルに報じられたものの、すぐさま事件の報道が下火になったのも同じ理由だった。

数日後には犯人を名乗る人物が出頭し、犯行を自供したにもかかわらず、犯人との接点はおろか、そもそも彼女が本当に最上芽生なのか、それすら不明のままなのだから。

「最上芽生という名は、現場となった賃貸アパートの契約時に、不動産会社の書類に記

入された氏名です。が、この時に提出された書類は、住民票の写しを始め、すべて偽造と判明しています。被疑者の全面自供にもかかわらず、今もってなお事件が〈未解決〉とされているのも、こうした理由からです——あまりにも謎が多すぎる」

言いながら棘は、当時の記憶を思い起こして目をすがめた。

行方不明者届を始め、犯歴・DNAといった警察庁に存在するあらゆるデータベースを照合しても、一致する情報は発見されなかった。それどころか身分証明書の類はおろか、病院の診察券やレンタル店の会員証さえも。

「結論として、バラバラ死体となって発見された〈彼女〉を〈最上芽生〉と証明するものは、アパートに残された所持品や、生活の痕跡——そこから採取されたDNAだけでした。逆に言えば——」

「なるほど、もしもDNA情報が同一の存在が別にいたとすれば、アパートで暮らしていた〈最上芽生〉とは別人とも考えられるわけですか」

先を引き取って結んだ皓に、棘は無言のまま片眉を跳ね上げた。

なにを馬鹿な、と鼻で笑う場面ではあるのだろう。もしも〈最上芽生〉の一卵性双生児が存在するとして、そもそもその正体が誰にも認知されていない以上、世間や警察の目を欺く必要などどこにもないのだから。

と、棘の胸の内を読んだらしい皓が、意味深な面持ちでかぶりを振ると、

「もしかすると、彼女の正体を把握していた人物が一人だけいたのかもしれません」

「ほお、誰だと？」

「篁さんです」

と応えた皓は、感情の起伏のない――そのせいで逆に感情的にも聞こえる声で、

「閻魔庁は、事件発生の一年前から〈最上芽生〉という人物を監視していた形跡があります。つまり閻魔庁は彼女の正体を――少なくとも監視すべき存在だと把握した上で、アナタにその事実を伏せて調査を依頼したことになりますね」

「……実のところ、彼女がどういう存在か、すでに見当はついています。もっとも私にはアナタも同じに見えますが」

「ふふ、その通りですね」

と頷いた皓は、そこで言葉をとめた。

小さく深呼吸すると、どこか覚悟を決めた顔つきで、

「彼女は、魔王・山本五郎左衛門、悪神・神野悪五郎――そのどちらかの血を引いた存在じゃないかと思います。それぞれの跡取りとして王座争いをくり広げていた僕ら二人の与り知らぬところで、もう一人の〈生き残り〉が存在していたわけです」

そう、まさに生き残りだ。魔王・山本五郎左衛門の手で葬られた三十一人の息子たちは元より、悪神・神野悪五郎のもとで殺し合いを命じられた兄弟たちもまた、荊一人を除いて生き残ることを許されなかったのだから。

と、そっと肩を落とした皓が、皮肉を言うような顔で首を振って、

「さて、もしも娘だったからこそ彼女が生きながらえたのだとすれば、なんとも皮肉な話ですね。男児でなければ跡取り候補にもなりえません。震災や戦禍の混乱に乗じて姿をくらませることも可能だったんじゃないかと」

「ふむ。その存在を閻魔庁が見つけ出した、と」

「ええ、篁さんの性格上、まず間違いなく見なかったフリをすると思いますので。加えて、閻魔庁の監視が始まったのは事件発生の一年前——つまり〈地獄堕とし勝負〉の始まった頃です。彼女が王座争いに巻きこまれることを危惧してきぐの、安全確保のための処置だったとすれば納得できますね」

なるほど、と頷く。もともと魔王二人の暴虐ぶりに内心憤慨していた篁なら、まず間違いなくそうするはずだ。が、にもかかわらず〈最上芽生〉は殺害されてしまった。

「だからこそ、篁さんは〈死を招ぶ探偵〉のアナタに事件捜査の依頼をしたのかもしれませんね。事件の裏に神野悪五郎一派が関与していないか、その動向を探るために」

「はっ、でしょうね。はなはだ見当違いというより他ありませんが」

「棘さんは、彼女を殺した犯人を誰だと思いますか？」

皓の声は真剣だった。それに応えて一呼吸ほど考えた棘は、やがて大きく組みかえた脚の上で指を組みあわせながら、

「——被害者自身、と考えています」

その結論に至るまでに費やした年月と労力を意識から払い落として目を閉じた。

「かつてアナタが金魚の片割れにしたのと同じことです。バラバラ死体となって発見された〈最上芽生〉は、影武者としての身代わりだった。であればＤＮＡ情報が一致したことも、頭と指が持ち去られたことも説明できます――たとえ複製された存在だとしても、手足の指紋と左右の眼球だけは異なりますから」

紅子という少女の姿を見れば一目瞭然だ。

鏡像のように主人と瓜二つの姿をした彼女に、ただ一点だけ存在する差異――あまりに大きすぎる黒目の存在を隠すためには、首ごと持ち去るより他ないのだから。

「……なるほど」

と呟いた皓の声は硬かった。奥歯を嚙みしめているのが頰の動きでわかる。たっぷり一分ほど沈黙を置くと、ふっと息を吐くように苦笑して、

「よくわかりました。実はこれが僕の欲しかった見返りなんですよ。具体的に言うと、アナタの勘が。勘頼りの出たとこ勝負で、アナタの右に出る者はいませんから」

「ほお、その喧嘩、言い値で買いましょうか」

棘がこめかみ辺りの血管をヒクつかせたその時、ノートパソコンの通知音が鳴った。

「失敬」

と断りを入れて席を立つ。パスワードを入力して、スリープ状態から復帰させると、新着メールの受信を告げるダイアログが表示されていた。

ざっとメールの文面に目を通した棘は、しばし眉根を寄せて考えこんだ後、ガラケー

の通信履歴から差出人の番号を呼び出した。

邑上文則——所轄署勤務の巡査だ。

数分後、通話を終えたガラケーをしまって、どさっとソファに座り直すと、

「たった今、所轄署の知り合いから連絡がありました。ここ一ヶ月半、最上芽生の消息を追うのと並行して峰羽矢人の関係者の洗い出しを行ったんですが、転職と引っ越しのくり返しで思いの外難航しまして」

それでも調査を進めたのは〈犯人役〉に峰羽矢人が選ばれた理由を探ることが事件の裏にいる存在をあぶりだす手がかりになると考えたからだ。結果として捜査本部に参加していない警察関係者にまで、半ば脅す形で情報提供をつのるはめになったわけだが。

「峰羽矢人に怨みをもつ人物——となると、元交際相手だけでもかなりの数にのぼります。その中の一人が七年前に通り魔殺人事件を起こしていることがわかりまして」

「はてさて、たしか七年前というと」

ぽつりと独りごちた皓が、信玄袋の中からスマホを取り出した。ポチポチといじってニュースサイトの事件記事を表示すると、

「おそらくこの事件ですね。犯人は二十代の女性で、コンビニエンスストアの駐車場にいた被害者を果物ナイフで刺殺し、直後に現場近くのマンションから飛び降り自殺しています。残された遺書には〈自分より幸せそうな女性なら誰でもよかった〉と」

大濱莉枝——加害者とされる二十七歳の女性は、当時、精神科クリニックに通院して

いた。元交際相手のＤＶ・堕胎強要によって鬱病をわずらい、勤め先のクラブが閉業して職を失ったことが重なって、自暴自棄に至っての犯行だったらしい。

と、「なるほど」と合点がいったように頷いた皓が、

「つまるところ、この元交際相手が峰羽矢人というわけですか」

「ええ、それで遺族を訪ねようとしたところ、別の事件が浮上しまして。加害者の姉である大濱英理が半月前に起きた事件の重要参考人として警察に行方を追われています」

大濱莉枝、英理の二人は、早くに両親を亡くしたのもあって仲のよい姉妹だったらしい。が、英理が峰羽矢人との交際に反対したことで、当時は絶縁状態にあったようだ。

小学校の教員だったという英理は、事件直後に退職し、当時交際中だった同僚男性との婚約を解消している。周囲の話によると、報道で事件を知った人々の職場を狙い撃ちした嫌がらせが原因だったようだ。その後、ほとんど失踪状態で姿をくらまし、一時期は自殺の可能性も囁かれていたようだが——。

「四年前から、ある男性の許に身を寄せていたようです。長江俊彦——彼女の妹が起こした通り魔殺人事件の被害者である長江三千華さんの父親です」

おや、と呟いた皓が、ぱちりと驚き顔で瞬きをして、

「はてさて、一体どんな事情でそうなったのか、さっぱり見当もつきませんねえ」

その通りだ、と内心で棘は頷いた。なにせ殺人事件の加害者の姉と被害者の父親が一つ屋根の下で暮らしていたのだから。

「では、肝心の事件についてお訊きしても？」

「長江さんが首無し死体となって発見されました。同日、同居人の大濱さんが姿をくらまし、持ち去られた生首は未だに発見されていません」

なるほど、と呟いた皓の声は、どこか上の空に聞こえた。何事か考えこんでいる顔で、ソーサーに戻したティーカップの縁を人差し指の先でなぞると、

「偶然と言いきるのは難しいでしょうねえ。なにせ三人目の首無し死体ですから」

「ええ、ですので管轄署の知り合いに現地への案内を頼みました。非番とのことですので、今夜これから向かう予定です——が」

そこで言葉を切った棘は、ひょいっと片眉をはね上げて、

「ご一緒にいかがですか、とは言いたくありませんね」

「ふふふ、言われたくありませんよ、僕もね」

いつかとよく似たやりとりになった。

と、小さく肩をすくめた皓は、冷めかけた紅茶の残りを一息に飲み干して、

「さて、そろそろ僕たちもお暇しましょう。青児さんから電話があったようですしね」

と立ち上がると、さっと身を翻して歩き出した。目的は達した、と判断したようだ。

そそくさとエレベーターに乗りこむ二人組を眺めて、棘はふと疑問を感じた。

「今さらですが、陰険で、腹黒な、身内以外には猜疑心の塊のように見えるアナタが、自分からこの事務所を訪ねること自体、らしくないように思えますね」

「ふふふ、嫌味でも何でもなくただの本心らしいのが、なおさら腹立たしいですねえ」

「どういう風の吹き回しだ、と訊いてますが」

眼差しに疑念をこめて訊ねる。肩越しに振り向いた皓は、数秒間、考えこんだ風に見えた。が、ふっと息を吐くと、しっかりと棘を見つめ返して、

「真似してみることにしたんですよ、青児さんを」

そう告げて口元をゆるめた――微笑の形に。

「何一つ信じられないと嘆くよりも、信じられる何かであって欲しいと願う方が健全だと思い直しまして。ただし僕の場合は、四十九日にあたる今日、アナタが不破さんの墓参りをしたら――という条件つきだったんですけどね」

見透かすような皓の言葉に、舌打ちをこらえるはめになった。ふん、と鼻を鳴らした棘は、処置なし、とばかりに肩をすくめて、

「はっ、なるほど、馬鹿犬を飼うと飼い主まで馬鹿になるようだ」

「ふふ、馬鹿は馬鹿でいいものですよ。でないと守れないものがあると気づきました」

アナタもいかがですか？　とうそぶく皓に今度こそ本気で舌打ちしたものの、一瞬早く箱は一階に下降してしまった。半妖と金魚の、招かれざる客たちをのせて。

一人フロアに残された棘は、長く深く溜息を吐いてソファから立ち上がった。デスクの左袖――鍵のかかった引き出しから、先日返却されたばかりの愛銃を取り出し、ソファに立てかけてあったステッキをつかんでエレベーターに向かう。

すると、やがて到着した箱の中には先客がいて、

「やあ、奇遇だね」

白々しくうそぶいて片耳にはまったイヤホンを引き抜く荊の姿に、棘は胸中で深々と溜息を吐き出した。なるほど、やはり盗聴器があったわけだ。

と、ワイヤーの駆動音と共に下降し始めた箱の中、荊は一切の前置きを抜きにして、

「僕も行くよ」

「だろうと思って先に同行者のことを伝えてあります」

そう、と応えた荊の横顔が、わずかに揺れた。驚いたようだ。

「それぐらいわかりますよ、アナタのことなんか」

やけくそ気味に吐き捨てて、もう一度胸中で溜息を吐いた。その言葉が嘘だということは、他の誰でもない棘自身がよくわかっている。

きっと、この先も本当になることはないのだろう。予感ではなく確信として思う。

行方のつかめない黒幕、三人目の首無し死体——不可解な謎ばかりが積み上がっていく中で、しかし結局、もっともつかみきれないのはこの兄なのだ。

けれど、その謎につきあう覚悟は、すでに一生分かためた後だ。

あと数秒もすればエレベーターの箱が地上に到着する。互いに生きていて、並んで歩き出せれば、今はそれでいい。

＊

口から吐いた息の白さが、車のヘッドライトに透ける。

待ちあわせ場所に軽自動車で現れた案内役は、捜査一課の刑事ではなく管轄の交番に勤務する巡査だった。

——邑上文則。

たしか年齢は三十一歳だっただろうか。五年前のバラバラ殺人事件の折りにも、管轄の所轄捜査員として地域課から応援に呼ばれ、不破や棘と共に捜査に従事している。

そのため棘とは少なからず面識があり、それが今こうして夜勤明けの非番に呼びつけられた主因なのだが、邑上本人の気弱な性格も原因の一端となっていた。

運転席を降りて二人の前に立った邑上は、ひょろっと瘦せてひ弱な感じのする長身を二つに折って、その節はお世話になりました云々と挨拶をすませると、同行者の荊にまで平身低頭して名刺を差し出しながら、

「不破刑事のことは……本当に言葉もありません。僕が捜査に参加したのは五年前の一度きりですが、理想の刑事の在り方というものを不破刑事に学ばせてもらいまして」

しんみりと語尾を湿らせた邑上に、棘は疎ましげに眉をひそめて鼻を鳴らした。ここ一ヶ月半で、この手のやりとりはすでにうんざりするほどくり返している。

そして、ふと五年前の記憶を思い起こした棘が、

「まだ地域課に？　たしか刑事志望だったと思いますが」

「ええ、はい。実はあの事件の後、体調を崩して半年ほど休職しまして。お恥ずかしい話ですが、刑事課に配転してもらうどころか、〈交番のお巡りさん〉として働くのも精一杯のようなありさまで」

と苦笑しながら眉尻を下げると、

「では、現地にご案内します。寒いですから、くわしくは車内で。すでに一通りの情報は把握ずみかと思いますが、先の事件では私が第一発見者の一人になりますので、遺体発見の経緯など可能な限りくわしくお伝えできればと思います」

言いながら、黒革のシートがのびる後部座席のドアを開ける。

どうぞ、と執事めいた恭しさで車内にうながされ、開いたドアから中にもぐりこもうとした荊が、すん、と小さく鼻を鳴らした。

「……なるほどね」

呟くや否や、するっと棘の脇をすり抜けて後戻りすると、なぜか助手席側に回ってドアを開けた。仰天したのは運転席の邑上だ。人喰い猫が助手席に乗りこんできたようにぎょっと飛び上がると、

「す、すみませんが、できれば後部座席に」

「悪いけど、助手席でないとダメなたちでね」

「乗り物酔いでしょうか。それなら、なおさらいつでも横になれるように」

　と、後部座席のシートに滑りこんだ棘が、バン、と音をたててドアを閉めた。おたおたと荊を説得する運転席の邑上に向かって、ひょいっと肩をすくめてみせると、

「兄は重度のスピード狂ですからハンドルを奪われない内に発車した方がいいですよ」

　脅しは覿面だったようだ。直後に車は発進し、バックミラー越しに荊からにらまれたものの、気づかぬフリでやり過ごした。

　やがて案内役の役目を思い出したらしい邑上が、気を取り直すように咳払いをして、

「現場は郊外の住宅街で、長江俊彦さんの持ち家です。近隣住民の話では、もともと長江さんが一人暮らしをしていた家に、四年前から大濱英理さんが同居し始めたようですね。年の離れた夫婦には見えなかったそうで、独り身の父親を心配して実家に戻ってきた孝行娘と噂されていたようです。いたって普通の、仲のいい父娘に見えたそうで、苗字が違うことも知らなかったと」

「……なるほど？」

　ぞんざいに相槌を打ちつつ荊を見ると、とくに興味もなさそうに、眠たげな猫めいた横顔をしていた。邑上とのやりとりは弟に任せることにしたようだ。

「長江さんも、大濱さんも、どちらも人当たりのいいタイプだったようで、ご近所トラブルの類は一切聞こえてきません。半面、近所づきあいに積極的なタイプでもなかったようで、せいぜい道ですれ違う際に立ち話をしたり、ゴミ捨て場の当番の折りに世間話

をしたりする程度だったと。それを含めて普通の暮らしぶりだったようです」

にもかかわらず、事件は発生した。

邑上の話をまとめると――。

発端となったのは、一一〇番通報による自殺予告だ。

〈これから自殺しようと思います〉

あからさまに自殺をほのめかす電話が通信センターにあったのは、半月前の午後五時だった。発信元は、長江俊彦の名義で契約されたスマートホン。たった一言で通話は切れたものの、もともと通報者の位置情報は自動通知されるシステムになっている。

その十五分後、最寄りの交番にいた邑上と、新人警察官である橘保志（たちばなやすし）の二人がミニパトで現場に急行した。

インターホンを鳴らし、玄関ドアを叩きながら呼びかけてみても応答はない。玄関からは、表に面した台所の窓が見えたものの、中から光の漏れる様子はなかった。ためしにドアノブを回してみると、なんの抵抗もなくあっさり開いた。

真っ暗な家の中は、留守宅のように静まり返っている。が、無施錠である以上、通報者は中にいるはずだ。

緊急性が高いと判断して、懐中電灯を向けながら玄関に踏みこんだ。そこで二手にわかれ、邑上は一階、橘は二階、それぞれ姿の見えない住人に呼びかけながら奥へと進んでいったところ――。

「遺体があったのは二階のオーディオルームです。第一発見者となった橘は、私が二階に合流するまでの間、ショックで腰を抜かして茫然自失していたそうで。おそらく遺体発見時に悲鳴を上げたものと思われますが、なにぶん防音室ですので一階の私のところまでは届かず……その後、腰を抜かした橘をミニパトまで引きずっていって無線で応援を呼びました。が、一階に降りる際に橘が足を踏み外してしまって」

「ふん、傍迷惑な」

「いえ、橘は軽度の夜盲症で、以前から暗い所を苦手にしてましたから、もっと私が気にかけておくべきでした。その上、あんなものを見て気が動転した後だと……なんといっても卒配されたばかりの新人ですし」

邑上の声は、呆れよりも同情の色が濃かった。たしかに首無し死体ともなれば、捜一の刑事でもそうそうお目にかかる代物ではない。

「その後、橘一人をパトカーに残して、二階のオーディオルームに戻りました。それから十五分ほど、応援が到着するまでの間、現場保存のために見張りを」

と言って、ふう、と長く息を吐いた。

「なにぶん首無し死体ですから、すわ猟奇殺人事件か、と署内は色めきたちました。なにせ通り魔殺人事件の加害者の姉と被害者の父親ですから、二人の間に何らかのトラブルがあったのは間違いないだろうと。けれど、鑑識が入ってわかったのは――」

一度言葉を切った邑上は、緊張した面持ちで唇をなめて、

「自殺──の可能性が高いのではないかと」

「ほお、死因は？」

「青酸による中毒死です。現場にあったウィスキーのグラスに青酸カリを混入された形跡があって、長江さん自身がインターネットの違法サイトで購入したものであることが判明しています。遺書の類は未発見ですが、現場に争った形跡はなく、グラスに残された指紋も長江さん一人のものだけだそうで」

「ふむ、首の切断面に生活反応は？」

「ありませんでした。ですので、青酸カリを服毒した長江さんは、死後に首を切断され、どこかに持ち去られたのではないかと。現場には、切断に使用されたと見られる包丁が残されていて、大濱さんの指紋が付着していました」

指紋の持ち主である大濱英理は、今もって行方知れずのままだ。なるほど、となるとこの事件は、はなから殺人事件でなく、死体損壊事件だったことになる。

「しかし一一〇番に自殺予告があったのは午後五時です。アナタ方二人が現場に駆けつけたのが、午後五時十五分。たった十五分で首を切断して姿をくらますのは、いささか無理があるように思いますが」

「ええ、実は長江さんの死亡推定時刻は、午前三時から午後四時なんです。つまり自殺予告電話のあった午後五時には、長江さん本人はすでに死亡していたことになります」

邑上の言葉を聞きながら、棘は眉間に皺が刻まれるのを感じた。もしもそれが本当なら、死者からの電話――ということになる。

「録音した音声を使用したのではないか、と見られています。首の切断後、長江さんのスマートホンを借りて一一〇番通報し、生首と共に姿をくらましたのではないかと」

「そのスマートホンは、今どこに」

「それが……現場となった家の中からは発見できずじまいでして。GPSの位置情報では、今もあの家の中にあるようなんですが……どうにも不可解なことばかりで」

が、そもそも二人が同居していた状況そのものの不可解さを思えば、現場のあれこれは謎と呼ぶほどでもないように思えるのだが――。

と、そんな棘の考えを読んだらしい邑上が、弱々しく眉尻を下げて、

「問題は、行方不明になっている大濱さんの逃走経路なんです。当時、現場となった家の窓はすべて内側から施錠されていました。もしも大濱さんが窓から外へ出たのなら、その窓は未施錠になるはずですよね。となると、玄関に絞りこまれることになります」

しかし、と邑上は言葉を続けて、

「現場となった家は坂道の上にあるんですけど、事件のあった日は、午後三時頃から水道管工事が行われていて、通行止めになっていたんです。しかも現場にいた警備員や作業員は、口を揃えたように〈出入りする車もなければ、家から出てくる人物もいなかった〉と証言してまして」

「さて、目撃証言に絶対はありえないのでは？　工事関係者が目を離している隙に正面

玄関から外へ出て、裏手に回ったとも考えられますが」

「それが、その線も考えづらいんです。家の裏手はなだらかな斜面になっていて、そこから敷地の外に逃げだすことも可能です。が、事件当時は、前日の雨で泥濘に近い状態になっていて、にもかかわらず足跡の類は一切見つかっていないんです」

「ふむ、アナタ方が首無し遺体を発見して大騒ぎしている間に、二階の他の部屋にひそんでいた大濱さんが外に出たということは？」

「いえ、橋の話では、遺体発見前に二階を一部屋ずつ確認した時には、完全に無人だったそうです。もっとも私自身が確認したのは、遺体現場のオーディオルームのみですので、保証はできかねますが」

となると脱出経路は不明のままだ。大濱英理はどうやって姿をくらましたのだろう。

と、やがて邑上の運転する車が閑静な住宅地に差しかかった。辺りには、同じような門構えの二階建て住宅が延々と軒を連ね、ぽつぽつと点在するアパートやマンションの灯りが目をひきつける。

ほどなくして脇道に入ると、車が一台なんとか進入できる幅の、ゆるい上り坂があった。なるほど、ここが水道管工事のあった坂道か。

そして、なだらかな山の一隅を切り崩したように見える、その突きあたりに――。

「ああ、あの家ですね」

と呟く邑上の声が、車内の闇をくぐって聞こえた。

夜の底に、その家はあった。

都内のどこにでもありそうな白い外壁の二階建て住宅だが、高いコンクリート塀に囲まれた敷地には、シイやカヤノキといった常緑樹が生い茂り、仄暗(ほのぐら)い森に埋もれるように佇(たたず)んだ家は、よりいっそう白さを際立たせて見える。

――ただ、白いだけの家だ。

と、車が停まらないうちに助手席側のドアロックを外した荊が、するりと路上に滑り降りた。泡を食った邑上が急ブレーキを踏む。そして「失敬」と肩をすくめた棘が、後部座席のドアを蹴(け)り開けて後に続いた。

すぐさま追いついて、並んで訊ねる。

「さて、いちおう理由を訊いても？」

「ちょっと匂いが気になってね。お前に話したいようなことでもないよ」

でしょうね畜生、と呟くよりも先に、靴音が止まった。

並んで見上げると、暗緑色の闇に溶けるように佇んだその家は、どこかひっそりと人目を避けている気配すらあった。暗がりの、行きどまりだ。

「隣家までずいぶん距離がありますね。中で何があっても外からは気づけなそうだ」

ふん、と鼻を鳴らして棘が言った。と「そうだね」と独り言のように頷いた荊が、

「ただ、家っていうのは、もともと気味の悪いものだよ。そこが他人の家というだけで、どんなものもすべて他人事(ひとごと)になるから――犯罪や、死体なんかも」

囁きながら、音もなくインヴァネスコートのすそを揺らして鋳物の門扉へと歩み寄る。横にかかげられた表札は、塀からせり出した枝の陰になって読み取りづらい。

　ギイ、と軋む音をたてて白い手が門扉を押し開ける。

　そうして玄関まで続く敷石のアプローチを渡ろうとしたところで、後ろから邑上が追いついた。どうも坂道の下にある空き地に車を停めて、慌てて追いかけてきたようだ。が、その口から文句が飛び出すより先に、「さて」と棘が機先を制して、

「お訊きしますが、この家に長江さんが住み始めたのは通り魔事件の後ですか？」

「え？　ええ、はい。もともとこの家は、十五年前に病死した長江さんの奥さんが、遠縁の親戚から譲り受けたものだそうです。長い間空き家になってたんですが、通り魔事件の後、娘さんと二人で暮らしていた家を引き払って引っ越したようで……長江さんは、事件前まで市役所の職員として働いていたんですが、一人娘を失った後、周囲の反対を押しきって退職・転居してしまったそうです」

　なるほど、住み慣れた場所に残された死者の記憶を耐えがたく思う気持ちは、棘としてもわからなくはない。肝心の死者が、しれっと生き返ってきた点を除けば。と、結局、出かかった文句を呑みこんだらしい邑上が、

「ずいぶん立派なのは、いわゆる地主の家だからだそうです。戦中に建てられたのもあって、空襲警報で近所の住民も避難できるよう、わざわざ山の斜面に造成したようで」

「では、敷地内に防空壕が？」

「いえ、見つかってません。何度か外壁や内装をいじって、ほとんど建て直しに近い形でリフォームされてますので、ついでに埋め戻したんじゃないかと。そこが隠れ場所になっている可能性も考えられますので、血眼になって探したんですが」

――なるほど、大濱英理の、だ。

と、小走りで玄関に先回りした邑上が、懐から取り出した鍵でドアを開けた。

仄暗い玄関が姿を見せ、立ち入る者のなくなった家に特有のこもった空気が流れ出る。

早速、タイル敷きの土間に踏みこんだ棘が、ふと片眉を跳ね上げて、

「妙に上がり框が高いのが気になりますが」

「ああ、リフォームされても元の造作は古民家のままですから、あちこちに歪さがありますよね……あの、どうしました？」

こわごわ訊ねた邑上につられて振り向くと、なぜか上がり框の前で足を止めた荊が、じっと足元の暗がりを見つめていた。

「――荊」

呼びかけると、返事のかわりにすっと白い手の平を差し出して、

「ライターを借りてもいいかな」

「……喫煙の習慣はないんですが」

「持ってるだろ、お前は」

思わずもれそうになった舌打ちをこらえる。そしてスーツの内ポケットから取り出し

た金属製のオイルライターを「どうぞ」とあえて表情を消した顔つきで突き出すと、

「――いい子だね、お前は」

抜かせ、と口の中で吐き捨てた。

一人だけ蚊帳（かや）の外に置かれた邑上は、地球外生物のジョークを聞かされた顔で呆然（ぼうぜん）としている。と、そんな邑上を意に介さず、カチン、と薬指で弾くように蓋（ふた）を開いた荊が、危なげなく点火したそれを上がり框の手前に置いた。

下から上るように炎が揺れる。

そうして炎の動きを確認すると、わずかに目をすがめて、

「――獣臭いな」

ことり、と音のしそうな仕草で首を傾げた。さっと拾い上げたオイルライターを棘の手に返して、暗い家の奥へとのびる廊下に足をかける。当然のように土足だ。

「あ、そういえば」

と邑上の声が上がった。兄弟揃って振り向くと、注目を浴びてしまったことを恥じるように「すみません」とぎこちなく首をすくめながら、

「近所の住民の話では、二人はときどきドッグフードを購入していたそうです。けれど、犬の散歩をしている様子もないし、吠え声も聞こえないのが不思議だった、と」

けれど、と続けて邑上は首をひねった。

「事件後に家の中を調べた時には、犬はもちろん、餌入れやトイレトレーなんかも見当

たらなかったんですよ。けれど、臭いが残っていたのなら、やっぱり以前は飼われていたのかもしれませんね」

そして邑上は、はなから靴を脱ごうともしない二人に、蚊の鳴くような声量で精一杯の苦言を呈しつつ、一階を一通り案内した後、現場のある二階へと向かった。

現場は、廊下の突きあたりにある板敷きの洋室だった。

邑上が壁のスイッチを押すと、天井に白い光が灯り、楕円形のガラステーブルが濡れたように光を反射する。

正面の壁には、品のいいグレーのカーテンに閉ざされた窓。そして中央のソファセットを左右からはさむ配置で、ぎっしりとアナログレコードのジャケットがつまったキャビネットとオーディオ機器が並んでいる。

内装はいくぶん古めかしいが、それも含めて居心地よく落ち着いた部屋だ。

が、窓側のソファに黒々とこびりついた血液が、室内の空気を不穏なものに塗りかえている。背もたれや座面、床の絨毯へと順に染みこんだ血液は、黒く乾いて固まっていた。この場所に、首無し死体が座っていたのだ。

「こちらが遺体発見直後の写真です」

と言った邑上が、スーツの胸ポケットから数枚の写真を取り出した。

写っているのは、窓側のソファに背中を預けて座る首無し死体だ。長袖のポロシャツにズボン、だらりと垂れた手足を含めて、その大半が大量の出血によって汚れている。

テーブルの上には、ウィスキーの注がれたグラスと、刃から柄まで血まみれになった包丁があった。おそらくこれが長江の命を奪った青酸カリ入りウィスキーと首の切断に使用された凶器だろう。そして、どす黒く血のこびりついた絨毯の、その手前に――。

「この懐中電灯は？」

と棘が指差したのは、黒い筒状のＬＥＤフラッシュライトだった。

「橘のものです。橘の話では、遺体発見時、室内は灯りの消えた状態だったそうで、壁のスイッチを押して、ようやくソファの首無し死体に気づいたと。ショックで腰を抜かした際に手から落ちたのをそのまま置き忘れたようで」

と、ふっと背後で空気が動いた。振り向くと、壁際のレコードプレイヤーの前に立った荊が、ふと興味をひかれた顔つきでターンテーブルを覗きこんでいる。

「これも事件当時のままなのかな？」

「ええ、はい。針で円盤を痛めてしまう可能性もあるそうですが、そのままに」

「ショパンのピアノ・ソナタ第二番〈葬送〉第三楽章――なるほど、葬送行進曲か」

そう呟いた荊の口元は、薄く笑っていた。どうやら選曲がお気に召したようだ。

（おそらくは人生最後の一曲なのだろうけど）

オーディオルームを死に場所に選んだ時点で、音楽好きとしては好事家の類だろう。お気に入りの曲を聴きながら人生の幕を引きたい――という感傷はわからなくもない。

が、最愛の一人娘を殺人という不幸によって奪われ、あげくその犯人の姉によって死後に首を切り落とされた男の死にざまと考えるなら——まるで悪い冗談のようだ。

と、ふと現場写真の間から一枚の写真がずり落ちた。

それは一見、ごくありふれた親子のスナップ写真に見えた。偶然、誰かの風景写真に写りこんだ一幕のようにも。

それぞれエコバッグを手にしているのを見ると、スーパーの買い出し帰りだろうか。

一人は三十代前半の小柄な女性で、目尻の下がった優しげな顔で笑っている。その笑顔の先には、もう一人の、いかにも生真面目な眼差しをした初老の男性の姿があった。

——長江俊彦と大濱英理だ。

〈いたって普通の、仲のいい父娘に見えたそうで〉

脳裏に邑上の言葉がよみがえる。加害者と被害者——正反対の立場でありながら、唯一の肉親を亡くした者同士でもあった二人の親子ごっこは、どういう目的で始まったのだろうか。そして一人が自死し、もう一人がその首を切り落とすという結末に至った経緯も、今もって不明のままだ。

（わかりたいとも思えませんがね）

胸の内で吐き捨てて、室内を隅々まで点検する。が、どこもかしこも整然としていて、不審を覚える箇所はなかった。

と、突然。

「じゃあ、移動しようか」

声のない笑みを浮かべて荊が言った。

何が「じゃあ」なのか口にしないのが兄の兄たるゆえんだが、秒で察することができてしまうのも弟の弟たるゆえんだ。

「次は台所です」

所在なげな顔をした邑上に顎をしゃくってみせて、棘は一階の台所へと移動した。

ドアを開けると、左手の壁にガスコンロがあって、正面のシンクとひとつながりになったL字型キッチンになっている。シンク奥には、広々としたガラス窓。木目調のデザインは、エンボス加工の白い壁紙とあいまって、シックな印象にまとまっていた。

中央には、四人掛けの四角いダイニングテーブル。右手の壁にはオーク材の食器棚が並び、その奥に大型の冷蔵庫が肩をそびやかしている。

「遺体発見時、一階を見て回ったのはアナタだそうですが、何か気づいた点は？」

「ええ、あの、はい。橘と二手に分かれてから、最初に台所に入りました。ただ、なにぶん真っ暗でしたし、すぐに他の部屋に移りましたので、その……」

さっぱり何もわからない、と言いたいようだ。申し訳なさそうに首を縮めた姿は、股に尾をはさんでうなだれる犬というよりも、甲羅に頭をひっこめる亀にも見える。

と、ずかずかと大股で奥に踏みこんだ棘が、ふむ、と顎先に手を添えて、

「どうも冷蔵庫の配置に違和感がありますね」

言いながら、ステッキの先でシンク横にできた空白を指し示した。

「調理の動線を考えれば、シンク横が適切でしょう。そうでなくても、開け閉めする度に食器棚とテーブルの間をふさぐことになると思いますが」

それを背後で聞いた荊が、どこか面白がるように目を細めて、

「さすがキッチンのことは一家言あるね」

「……誰のせいだと？」

じろりと肩越しににらんだ棘にかまわず、音もなく荊が壁際へと歩み寄った。シンク横の、ぽっかりと空いたスペースの前に立って、白い壁に指を這わせる。

と、ふっと指先の動きが止まって、

「ここだよ」

反応したのは棘だった。

荊が指さした一点——目視では判別の難しい壁紙の境目の、わずかに空気が入って浮き上がった箇所をつかんで、ベリベリッと音をたてて引きはがしたのだ。

「え」

ぎょっと邑上が目を剝いた。

壁紙の下には——また壁紙があった。色も、材質も、たった今引きはがした壁紙とそっくり同じだが、焦げたような黒ずみがある。

「壁紙がここだけ二重張りになってるんですよ。おそらくは冷蔵庫の熱によって生じた電気焼けを隠すために」

と言って、ふん、と棘は鼻を鳴らした。

そもそも表面に凹凸のあるエンボス加工の壁紙は、電気焼けが生じやすい。そして、シンク横の壁に、長らく冷蔵庫を置いた痕跡が残っているということは――。

「つまり冷蔵庫の定位置はもともとシンク横で、移動の痕跡を隠すために壁紙で隠したんでしょう。そして、その理由は――」

そこで言葉を切って棘が冷蔵庫の前に屈（かが）みこんだ。

プラスチック製の足カバーを取り外し、自前の手袋をはめた手で調整脚（スタンド）のねじを回した。そっと手前に引き出した冷蔵庫を九十度回して、シンク横に押しこんで固定する。

仕上げに足カバーをはめ直すまでに三十秒もかからなかった。

「さすが手馴（てな）れてるね」

「……誰のせいだと？」

事務所の模様替えをする度、大型家具の移動でこき使われた記憶は忘れていない。この先も累積していく予感しかしないが。

「あ、あの、それは一体？」

床に目を落とした邑上が、呆気（あっけ）にとられた顔でうめいた。

冷蔵庫の下から、正方形に変色した床板が現れたからだ。一箇所だけ、明らかに他と色味が違っている。暗闇で見れば見落としてしまいそうにわずかな差異だが、真鍮（しんちゅう）の引き手がついているのを見ると、おそらく扉なのだろう。よく見ると、金属製の留め金で閉じられ、小さな南京錠がかけられている。

「床下貯蔵庫……ですか？」

「いいえ、防空壕でしょうね」

　え、と喉をつまらせた邑上を横目に、ステッキの先で床をつく。すると、わずかに音が反響した。下に空洞があるのだ。

「床下防空壕ですよ。太平洋戦争の始まった一九四一年に防空法が改正されて、家の床下に防空壕をつくることが奨励されるようになったんです。逃げるな、火を消せ、というわけですね」

　結果として、焼夷弾によって焼け落ちる家の真下に閉じこめられた人々がどんな末路を辿ったかは、推して知るべし、と言うより他ない。

「あるはずの防空壕が見当たらないと聞かされた時から、もしやと思ってはいましたが、決め手になったのは玄関の上がり框です。妙に高さがあったのは、外から避難してきた近隣住民用に、かつてあの場所に二つ目の出入り口があったからでしょう。今は板で塞がれているようですがね。が、オイルライターの炎で確認した結果、空気が地下から上ってきていたので、おそらく防空壕自体はそのままだろうと」

「ははあ、なるほど」

　納得したように邑上がうめいた。

「そして、おそらくこの防空壕こそが大濱さんの隠れ場所です。つまり長江さんの首を切断した後、オーディオルームから台所に移動して地下に身を隠したんでしょう。それこそ警察の現場検証が終了して、規制線が解除されるまで。その後で再び地上に出て姿をくらませたものと考えられます」

え、と邑上の表情が凍った。血眼になって行方を追っていた人物が、文字通りの板子一枚下にいたとあっては当然の反応だろう。

――が。

そろそろか、と胸中で独りごちた棘が口を開こうとした、その矢先に。

「ああ、そうだ、邑上さん」

と呼びかけたのは意外にも荊だった。

「二階のオーディオルームまで来てもらえないかな。これから弟が地下室を調べる間に終わらせたいことがあってね」

「――荊」

低く威嚇する声で棘がうなった。が、荊は小さく肩をすくめてみせて、

「獣臭いのは苦手でね。それに、防音室ならちょうどいいだろ？」

意味深なその言葉の底意を察して、棘は厭そうに顔を歪めた。が、数拍間を置いて溜息を吐くと、片手でかき上げた前髪を後ろに撫でつけて、

「……止めはしません。ただし、ほどほどに」

「いい子だね、お前は」

抜かせ、と吠える。

「あの、どうもよくわかりませんが、二階に行けばいいんでしょうか」

ドナドナと荊を追う邑上は、市場に売られていく子牛の顔をしていた。

──さて。

と胸の内で呟いて、棘はキッチンへと向かった。シンク横の包丁スタンドから一本拝借して、床下防空壕の前に膝をつく。何度か刃先を打ちつけて、南京錠のかかった留め具の部分を破壊した。

引き手をつかんで引き開ける。ぶわっと澱んだ空気を立ち上らせながら、台所の片隅に黒々とした穴が口を開けた。

穴の縁に立って覗きこむと、垂直に穿たれた暗闇に向かって木製の梯子がのびている。梯子を伝うようにライトを向けると、終着点にあたる穴の底にはコンクリートの床が広がっていた。

(人の気配はないな)

おそらく中にいた人間は、とっくに脱出ずみだろう。が、地下には他の危険もある。穴の縁にかがみこんで懐からオイルライターを取り出した。

墓前にそなえようとして、直前でとりやめた不破の遺品だ。事件の捜査中に借りたものを英国に高跳びする際に「餞別にくれてやるよ」と押しつけられ、そのうち捨てようと考えていたのだが、まさか形見になるとは思わなかった。

ホイールを親指で回して点火する。穴に近づけても炎の勢いに変化はなかった。消えもせず、逆に燃え上がりもしない。そうして可燃性・不活性ガスの危険がないのを確認すると、カチン、と蓋を閉じて懐にしまった。

梯子を下りる。下へ。最後の一段に足をかけたところで、埃と黴のまじった暗闇の奥から、獰猛な臭気が嗅覚を刺した。

——獣臭だ。

靴底が床を踏むよりも先に、胸元からペンライトを引き抜いた。

地下室——というよりは、四畳半ほどの広さのコンクリートの箱だ。床に積もった埃、蜘蛛の巣。そして光の中に浮かび上がったそれに、はっと棘は息を呑んだ。

猛獣用の檻——いや、大型犬用のケージだろうか。なんによせ、ごく平凡な一般住宅の地下に存在するには、はなはだ似つかわしくない代物だ。

が、さらに異様なのは、その中身だった。

垢で黒ずんだ毛布に、介護用品らしきポータブルトイレ、給水用のチューブがついたウォータータンク。何より、それらが渾然一体となって放つ臭気——毛布に沁みこんだ汗と脂、人糞や尿といった排泄物の——長い間、人間を監禁し続けた場所の臭いだ。

——獣臭いな、と。

荊の呟きが耳によみがえって、なるほど、と棘は首肯した。

人から堕とされた獣の臭いだ。

――と。

カラン、と。

無意識に一歩踏み出した棘の靴先で、なにかが鳴った。ライトを向けると、アルミ製のボウルが光の輪の中に浮かんでいる。

足早に歩み寄って拾い上げた。ペット用食器に見えたのは、お世辞にも手入れされているとは言い難いそれに、ドッグフードの塊がこびりついていたせいだ。が、その底に明らかに人のものと思しき指跡がついているのを見て、ふと想像に怖気が走った。

ああ、そうか、飼われていたのか――人間が。

思い出したのは、皓の手でもたらされた調査資料だった。

二つのバラバラ殺人事件の犯人とされる小吹陽太、峰羽矢人の二人は、夜逃げに見せかけて連れ去られた上で、どこかに監禁されていたのだと。

その場所は、おそらくここだ。そしてバラバラ殺人事件が起こるまでの間、まるで犬のように飼育されてきたのだとしたら――。

〈近所の住民の話では、二人はときどきドッグフードを購入していたそうです。けれど、犬の散歩をしている様子もないし、吠え声も聞こえないのが不思議だった、と〉

耳の奥によみがえる邑上の声に、なるほど、と頷く。

吠え声など聞こえるはずもない。もしも聞こえるとすれば、悲鳴やすすり泣き、あるいは怨嗟のうめき声だ。彼らは最低限の水とドッグフードを与えられ、生かさず殺さず監禁され続けてきたのだから。人としての尊厳を奪われた一匹の獣として。

（なるほど、仲のいい親子に見えたのも当然か）

遺された者である二人は、復讐という罪によって結びついた共犯者だったのだから。

仕事も、婚約者も、唯一の肉親だった妹も失った〈加害者の姉〉と。

妻の忘れ形見である一人娘を理不尽な殺人よって奪われ、失意の底で長年の住み家と馴染みの職場から姿を消した〈被害者の父〉と。

すべてを失った二人の中に唯一残されたものは、通り魔事件の元凶である峰羽矢人に対する憎悪だったのだろうか。そして、なんらかのきっかけで出会った二人が、互いの中にそれを見出したのだとすれば――。

けれど、と棘は思う。

この地下で行われたすべてが、彼らにとっての復讐だったとして、そこにどれほどの愛情、慟哭、覚悟があったのだとしても――ただ、醜悪だ。

と、不意に。

場違いに明るい電子音が鳴った。着信メロディだ。

音の出所を探って視線を走らせる。ライトの光が、やがて檻の中の毛布で止まった。

入り口の扉を開いて中に踏みこむ。

ステッキの先を毛布の隙間に差しこんで探ると、モバイルバッテリーにつながれた一台のスマホが現れた。画面に表示された発信者名に息を呑む。

――大濱英理。

おそらくこれは、所在不明になっていた長江俊彦のスマホだ。

（なるほど、警察が発見できなかったのはこれが理由か）

GPSの位置情報通りに、たしかにこの家の中にあったのだろう。が、その在り処は地上ではなく地下だったのだ。

思えば、あの自殺予告電話もまた地下からかけられたものだったのではないか。そして今、その画面にはこの場所にスマホを置き去りにした犯人の名が表示されている。

「もしもし」

とスマホを耳に押し当てて呼びかける。

電話の向こうで、小さく息を呑む気配がした。が、すぐさましのび笑いに変わって、

〈初めまして、大濱英理です。えーと、凜堂棘さん、ですよね？〉

ざらり、と違和感が紙ヤスリのように神経を撫でた。思考ではなく本能が、何かがおかしいと告げている。

妙だ、と感じた。どうして彼女がこちらの名を把握しているのか。

が、それ以上の違和感を棘にもたらしたのは、脳裏に浮かんだ一枚の写真だった。目尻を下げて笑っていた大濱英理。かつてあんな風に笑うことのできた人間が、これほどおぞましく嗤うものだろうか。

「――誰だ」

低く訊ねると、けたけたと箍の外れたような笑い声が返ってきて、

〈大濱英理ですよ。あ、それよりも、お伝えしなきゃいけないことがありまして。毛布を探ってもらうと、下の方から金属の塊みたいなものが出てくると思うんですが――〉

ぞわり、と空気が揺らいだ。思考よりも先に肌で感じる空気が、不吉な予感を伝えてくる。なにか恐ろしいものがこの下にある、と。

「それは、アナタのために用意されたものなんだそうです。ええと、確か名前は――」

闇の奥から声が流れてくる。そして予感に急き立てられるように毛布を蹴り飛ばした刹那は、ゴトン、という落下音と共に現れたそれに愕然と目をみはった。

はたして、ひどく見覚えのある、その青銅の塊は――。

「照魔鏡、というそうです」

＊

二階のオーディオルームのドアを閉じると、乾いた破裂音が鳴った。

あまりに唐突で、脈絡のないその音が銃声だと気づくよりも一瞬早く、太腿で爆発した痛みと喉からほとばしった咆哮で、邑上は自分の身に起こったことを理解した。

右足を撃たれたのだ。

「なるほど、思ったより防音がしっかりしてるようだから、少しくらいなら泣きわめい

たり死なれたりしても平気そうだね」

薄ら微笑んだ荊の手には、玩具のような小型の拳銃が握られている。衝撃と激痛で両足が麻痺した邑上は、仰向けのまま肘で這って逃げようとした。

が、ゆっくり歩み寄った荊が、ショートブーツをはいた片足をのせると、踵で銃創を踏みにじった。ゆっくりと体重をかけた踵の先が、凶器となって神経に食いこむ。

火花の飛ぶような痛みに、一瞬邑上の意識が途絶える。

直後、思いきり横腹を蹴り飛ばされたかと思うと、頸椎の急所にあたる位置を靴先でおさえこまれ、真上から銃口を向けられた。

「な、ぜ」

切れ切れに訊ねる。すると荊は、軽く首を傾げてみせて、

「だって犯人は君だろう？」

息が止まった。見上げる眼差しに恐怖がこもる。

が、それを受けとめた荊は、ただ前髪の下からつまらなそうに目を細めて、

「二階のオーディオルームで長江俊彦の首を切断した大濱英理は、台所の床下に存在する扉から地下に隠れた――となると、気になる点があるんだよ。誰が扉の上に冷蔵庫をのせて地下の入り口を隠したのか。大濱英理自身には不可能だからね」

いや、と出血で朦朧とした頭で、どうにか邑上は反論しようとした。たとえば細いワイヤーで冷蔵庫全体をぐるぐる巻きにして、その先を地下室の扉の隙間に――。

「それは無理だね。万が一冷蔵庫の移動が可能だとしても、その後で調節脚のネジを回して固定した上で、足カバーをはめ直す必要があるんだよ」

そう見透かしたように荊がつけ加えて、

「つまり所轄刑事課や鑑識係が到着する以前に、この家に侵入できた誰かがやったことになる。けれど裏手の泥濘に足跡がない上に、唯一の出入り口である玄関は〈誰の出入りもなかった〉と工事関係者が証言してるわけだ。第一発見者である君たちを除いて」

ヒュッと邑上の喉から音がもれた。悲鳴――だったかもしれない。

「けれど二人の報告に冷蔵庫に関するものはなかった。となると、少なくともどちらか一人が嘘つきで、その一人が冷蔵庫を移動させたことになる。君か、橘保志か」

そこで一呼吸置くと、

「もしも橘だった場合、首無し死体を見て腰を抜かしたのも、階段で足首を痛めたのも、すべて演技だったことになるね。そうしてミニパトの車内に戻った後、君が二階の遺体発見現場に向かった隙に玄関から侵入し、台所の冷蔵庫を移動させたわけだ」

けれど、と荊は続けた。

「そう考えると不自然な点がある。台所のガラス窓は、表に面している上にカーテンもない。その上、いつ応援の警察官が駆けつけるかわからない以上、冷蔵庫の移動は、灯りを消した状態で行われた可能性が高いわけだ。なのに橘は、手持ちのＬＥＤライトをオーディオルームに置き忘れてるんだよ――夜盲症の彼にとっては命綱だろうに」

そう、その通りなのだ。

もしも橘が車外に出たなら、ミニパトに備えつけられた懐中電灯を使ったことになる。けれど、ふだん橘が愛用しているLEDライトとは、明るさでも照射範囲でも、圧倒的な差があるのだ。となると、わざわざLEDライトを置き忘れるメリットが、橘には存在しないことになってしまう。

――と。

「それに、君の発言で一つ気になる点があってね。この家に向かう道すがら、車内で棘と交わしたやりとりだけど」

そう前置きした荊が、

〈いえ、橘の話では、遺体発見前に二階を一部屋ずつ確認した時には、完全に無人だったそうです。もっとも私自身が確認したのは、遺体現場のオーディオルームのみですので、保証はできかねますが〉

という邑上の発言を一字一句違わず再現してみせた。

「君自身がその目で確認したのは、遺体発見現場のオーディオルームのみ――この言葉を鵜呑みにするなら、二階に上がった君は、なぜか他の部屋には見向きもせず、廊下の突き当たりにあるオーディオルームに直行したことになる。まるでそこに首無し死体があるのを知っていたみたいに。防音室の中で上がった悲鳴も、物音も、君には一切聞こえなかったはずなのにね」

声に体温を奪われた気がした。

が、邑上はガチガチと震える奥歯を抑えつけると、肺の奥から声を振り絞って、

「光、が見えたんです……ドアの隙間から、廊下に光がもれていて」

どうにか捻り出した理屈に、なるほど、と荊が頷いた。

が、ほっと安堵の息を吐いたのも束の間。

「防音室のドアは、ドア自体が遮音性の高い構造になっててね、ドア枠との隙間を塞ぐためにゴム製のパッキンがついてるんだよ。つまり廊下に光がもれるはずがないんだ」

喉の奥でヒッと短い悲鳴がもれた。

邑上の視線を受けとめて、荊の笑みが深くなる。そうして小首を傾げてみせると、

「ほら、嘘つきは君だろう？」

体中の毛が一気に逆立つのがわかった。

身じろぎすらできない邑上に荊の手がのばされる。頭頂部の髪の毛を鷲掴みにして持ち上げると、死に顔じみた白貌が、鼻先の数センチ手前で止まった。

そうして吐息の触れあう距離から、

「ここから先は弟に聞かせるわけにいかなくてね。だから、できるだけ早く片づけたいんだけど——どうして君は不破を殺したのかな？」

囁く声で訊いた。罪人を告発する亡霊のように。

「実は一ヶ月前、探偵事務所の前に不破の生首が置かれていてね。僕が一人でいる時に

見つけたんだけど、あからさまな挑発だったから、とりあえず弟の目から隠すことにしたんだよ」

　冷たい吐き気のようなものがこみ上げる。とっさに唾を呑みこもうとした邑上は、異様なほどの喉の渇きから、その吐き気の正体に気がついた。

　――恐怖だ。

「ただ、燃やして灰にする前に検死をしてね。後頭部に陥没骨折があった。ハンマーのように面の小さな凶器で頭蓋骨を殴打すると、その形状に色々な要素が反映されやすいんだよ。たとえば、どんな風に、どこから殴られたのか」

　見上げた顔は、薄氷めいた無表情だった。

ただ囁く声だけが、いっそ憐れみを帯びているかのような柔らかさで。

「結論を言うと、前屈みになった姿勢で、背後から、下向きに殴られていた。となると自販機荒らしに不意をつかれて反撃されたという警察の見解は成立しなくなる。有能な刑事が無防備な背中を見せている時点で犯人は不審者ではありえないから。信頼のおける相手――おそらくは警察関係者だ。そもそも犯人による襲撃が、偶然の産物ではなく、計画的な待ち伏せだったとすれば、連日警察署に泊まりこんでいた不破が、半月ぶりに帰宅したタイミングを知りえた人間は、ごく狭い範囲に限られるからね」

　まさか、と邑上はうめいた。

ではまさか、この悪夢のような青年は、今日この家を訪れる前から――。

「そう、だから君たちは僕にとって最初から犯人候補だったんだよ。中でも不破が連日泊まりこんでいた管轄署の地域課にいて、彼と既知の仲だった君のことはとくにね」

と告げて、ようやく荊は薄く笑った。

「決め手になったのは、車の助手席に残された傷だよ。爪でひっかいたような細長い傷が、シートの表面を削り取るように走っていた。不破の爪にはさまっていた繊維片と同じ、表面に防水加工がほどこされた、黒い合皮の」

息が震えた。怯えで。

〈悪いけど、助手席でないとダメなたちでね〉

思い出したのは、そんなことを言いながら、半ば強制的に助手席に乗りこんできた荊の姿だ。確かにこの家に向かう道すがら荊は助手席に座っていた。が、シートの表面についた傷は、目視ではわからないように隠したはずで――。

「車内に入ろうとした瞬間、靴墨の匂いがしてね。たぶん傷を黒く染めて隠した上で、定期的に重ね塗りしてたんじゃないかな。事件直後に車を修理に出すのは避けたかったのかもしれないけれど、他人を乗せる度に重ね塗りしていれば匂いはとれないままだ」

あとは指先で触れればすぐわかるよ、と無造作に荊が続けて、

「犯行当時、半月ぶりに不破が帰宅することを知った君は、車に乗ってアパート前で待ち伏せした。そうして現れた不破を助手席に誘いこんで、その足元に何かを落としたんだ。たぶん捜査中の事件のことで話があると持ちかけて、写真か何かを見せたんじゃな

いかな。そして、その何かを拾おうとした不破が、助手席で腰を折ってかがみこんだ、その瞬間に——」

ぶん、と振り下ろしたハンマーの感触が、まざまざと手の平によみがえった気がした。直後に感じた、頭蓋骨の砕ける鈍い衝撃と共に。

けれど、と邑上は独りごちる。

あの一撃は致命傷には至らなかった。たとえ頭蓋骨陥没による脳震盪が生じても、よほどの重傷でなければ即死にはならない。不破が死んだのは、その体を抱え起こして助手席に座らせた邑上が、用意したロープで首を絞めてからだ。

が、後頭部への一撃で昏倒した不破は、たしかに意識を失っていたはずで、それでも最後の力を振り絞って助手席に爪痕を残したのは、執念としか言いようがない。

犯人の手がかりを仲間たちの手に託すために。

結局、不破徹志という男は、命がつきるその一瞬まで刑事だったのだ。

「……不破も、君なんかに殺されたくなかっただろうにね」

囁きかける声が耳を刺す。

直後に邑上は、殺意を剝き出しにした獣じみた顔で荊をにらみ上げた。すると、それを見下ろした荊の唇が、裂けるほどに吊り上がって、

「なるほど獣の目だ。けど、これでようやく腑に落ちたよ、君が不破を殺した動機が」

嘲るように、蔑むように——呪うように。

——嗤った。

「五年前のバラバラ殺人事件の捜査で、君は不破とコンビを組んだ。刑事志望の君にとってはまたとないチャンスだったろうね。それこそ一生に一度の。そして君は、期待された以上の働きぶりを見せた。でなければあの弟が、携帯電話に君の連絡先を残すはずがないからね——けれど相方の不破だけが、君の存在を気にとめなかった」

そう、すべてはそこから始まって——終わったのだ、何もかも。

捜査本部が解散されてからも、不破が邑上を刑事課に推薦することはなかった。それどころか、寝る間も惜しんで、それこそ靴底と共に心がすり減るほど捜査に打ちこんだ邑上のことを、たった一言、褒めることさえしなかったのだ。

不破にとっては、捜査にかける情熱も、ひたむきな努力も、すべて犯人に辿り着くための過程で、周囲から寄せられる期待も、羨望も、評価も、ただの副産物にすぎないのだろう。すぐ隣で、飢えて涎を垂らす犬同然に、たった一人から投げ与えられる誉め言葉を待ち望んでいた人間がいるとも知らずに。

「ほどなくして君は鬱病で休職してるね。半年で復職したものの、職場では完全な持て余し者だ。刑事課への転属どころか、この先の昇進も望めそうにない——けれど、殺意の引き金になったのは、きっとそんなことじゃないんだろうね」

そこで言葉を切ると——。

まるで吠え声一つたてられないまま、飢えて死のうとする犬を憐れむ顔で。

「二ヶ月前、強盗殺人事件の捜査で所轄署にやって来た不破と君は、実に五年ぶりに再会した。そして君は、今日棘にしたものと同じ挨拶を不破にしたんだろうね。その節はお世話になりました云々と。それを聞いた不破は、こう返したんじゃないかな」

と言った荊は、かつての不破と同じように、不思議そうに首を傾げて。

——誰だっけ？

歯を食い縛ってにらみ上げる邑上の目から、煮えたぎった感情がほとばしった。

喉から獣のような咆哮が上がる。

が、雄叫び（おたけび）と共に立ち上がった邑上が、懐に隠し持った凶器を引き抜こうとしたその時、高く跳ね上がった荊の右脚が前蹴りを叩きこんだ。流れるような動きで体をひねると、ぐらっと倒れようとした邑上の横腹に、とどめの回し蹴りが突き刺さる。

どさり、と絨毯を敷いた床板が鳴った。

後には、何事もなかったように一人佇んだ荊の姿があって。

見下ろすと、床で頭を打って気絶した邑上の体から、じわじわと広がりつつある黒い染みが見えた。このまま止血しなければ間もなく死ぬと確信できるだけの量が。

と、不意に。

荊のスマホが着信を告げた。が、画面を確認しても表示されるのは番号だけだ。連絡先の登録はない。過去を含めて一件も。

けれど、その十一桁の数字が表す存在は、荊にとってただ一人だけだ。

——が。

〈初めまして、大濱英理と言います〉

と電話の向こうで名乗った声は、棘とはまったくの別人だった。

〈先に言っておきますけど、変な気は起こさないでくださいね。この家にいる限り、アナタの行動は一挙一動こちらで把握できるようになってますから……あ、今こっち見ましたね。コンバンハー〉

と声が言ったのは、頭上を振り仰いだ荊が、天井の中央に設置されたペンダントライトを見上げたのとほぼ同時だった。監視カメラが作動しているのだ。

〈ついでに盗聴器もありますので、発言には気をつけてくださいね。で、これが一番重要だと思うんですけど、こちらには人質がいますから〉

なるほど、棘のことか。

〈簡単に説明すると、地下室の棘さんを照魔鏡の欠片に閉じこめました。で、地下室にはちょっとした爆薬が仕掛けてあるので、私がポチッとやるとバンッてなります。まあ、大した威力もないので、家ごと吹き飛ばすのは無理なんですけど、手の平大の金属板を粉々にするには充分ですよね〉

クスクスとひそやかに——いや、もはや嘲りと蔑みを隠しもせずに声は言った。顔色

一つ変えない荊の無反応ぶりなど歯牙にもかけず、場違いに声を弾ませて、

〈それで、アナタと同じように人質をとられた人がもう一人いまして、こちらで手配したタクシーでこの家まで向かってもらってます。くわしい話は、そのもう一人に伝えてあるんで、後から……って、もう着いてますね。玄関ドアを開けて、廊下を歩いて、階段を上って……そっちは聞こえてますか？〉

もちろん聞こえない。防音室の中だからだ。

けれど予感のようなものは確かにあった。きっとその足音は、大人のものよりも軽やかな——青年と呼ばれる一歩手前で立ち止まった少年のものだろう。

最悪な状況に現れる人物として、それ以上の最悪など存在しないのだから。

——その誰かが廊下を歩いて来る。

やがて突き当たりに辿り着くと、ノックの音もなく扉を開いて、

「今晩は、荊さん。お互いに会いたくなかったと思いますけど」

呼び声に顔を向けると、そこに予想通りの少年の姿があった。

死に装束と見まがう白さで。華やかに綻んだ白牡丹を肩に咲かせながら。

——西條皓が。

そして最後に、とどめを刺すような、声が。

〈人質を解放する条件は、これから三十分以内にアナタがた二人のうち少なくとも一人に死んでもらうことです。それでは、ご健闘をお祈りします〉

それきり通話は切れた。

——災悪をもたらして。

＊

制限時間三十分という状況下で、二人が初めにとった行動は邑上の手当てだった。

「見殺しというのはさすがに寝覚めが悪いですしね。それに、棘さんに無断で死なせたとなると、アナタにとっても都合が悪いでしょうし」

という皓の言葉を荊が黙認したような形だ。

それから皓は、かれこれ二十分間、邑上のズボンから抜き取ったベルトを止血帯がわりに、信玄袋から取り出したガーゼと包帯で、せっせと応急処置にいそしんでいる。

時折、トン、トト、と思い出したように指先が鳴る。

背後には一人掛けのソファに座った荊の姿があって、ブーツの踵でコツコツと床を鳴らしていた。不規則に、苛立たしげに。

——残り八分だ。

と、ふと手を止めた皓が眼差しを伏せて、

「不破さんを殺したのが邑上さんだとすると、やはり動機は個人的な怨恨でしょうか」

「怨みというよりは妬みだろうね。自分はどうしてあの人になれないのか。たったそれだけで殺人が起こることもあるから。そんな感情、かまう値打ちもないだろうにね」

とくに感情のこもらない声で荊が言った。

が、去年の冬には〈私はアナタになりたかったけど、アナタは私になってくれなかった〉と言う少女によって失明している。もう鏡を見ても思い出すことはないけれど。

けれど、と皓が言葉を継いで、

「犯人として犯行を自供したのは、峰羽矢人さんでした。となると、峰羽矢人さんは、邑上さんの罪を隠蔽するために用意された〈犯人役〉ということになるんでしょうか」

「いや、順序が逆だよ。峰羽矢人がこの家の地下で飼われ始めたのが三年半前。対して、邑上の中に不破を殺害する動機が生じたのは、たったの二ヶ月前だ――つまり犯人が用意された後で、殺人が計画されたことになる」

この事件において、長江俊彦と大濱英理、そして邑上文則の間には、奇妙な互助関係が成立しているのだ。

監禁者である長江俊彦と大濱英理の目的は、あくまで峰羽矢人を殺人犯に仕立て上げて自殺させることにあり、邑上文則はそのためにバラバラ殺人事件を引き起こした協力者ということになる。

が、邑上文則の側からすれば、長江俊彦と大濱英理の二人は、不破徹志を殺害した自分の犯行を隠蔽するため、その〈犯人役〉として監禁中だった峰羽矢人を差し出してくれた協力者なのだ。だからこそ邑上も大濱英理の逃走に手を貸したのだろう。そして、そんな彼らを引きあわせた何者かが存在するのだとしたら――。

と、そこまで考えたところで、皓は首を横にふって立ち上がった。

「さて、とりあえず治療は終わりました。それじゃあ、そろそろ始めましょうか」

――殺し合いを、と言外に言いながら。

振り向いた皓の手には、黒光りする拳銃があった。S&W M37――ニューナンブM60の後継として〈警察の銃〉の代名詞となった回転式拳銃だ。おそらく邑上が隠し持っていたものを拝借したのだろう。

が、それを見た荊の顔に驚きはなかった。ただ、ふ、と笑うように息を吐いて、

「なるほどね、邑上の手当てをしたのは、そういう理由か」

「ふふ、棘さんの不死身ぶりを知っている人なら、なんらかの対抗手段を用意してるんじゃないかと思いまして。とはいえ、まさか警察署の保管庫から拳銃を持ち出してるとは思いませんでしたけど」

カチリ、と親指の下で撃鉄が鳴る。そうして拳銃の安全装置を解除した皓は、その銃口をまっすぐ荊に向けて、

「実はメゾン犬窪というアパートを調査していた青児さんが、何者かが張った結界の中に閉じこめられまして。もしも今ここで僕が殺されてしまった場合、他の誰かが助けてくれる保証もないんですよ」

なので、と皓が続けた。

「悪く思わないでください――というのは、悪役の台詞ですかね」

「だろうね。よく似合ってると思うよ、君に」

わずかに息を吐いて荊が笑った。つまらなそうに。

琥珀色に光る左目が、ゆっくりと瞬きをする。そして未だに薄く笑ったまま、ふっとかすかに鼻を鳴らして、

「いいよ、どうぞ」

と言った。

どうでもいい何かについて話す口ぶりで。

――撃たれてもかまわない、と。

「実のところ、最初からそうするつもりだったんだ。どうしても棘の前から姿をくらます必要があってね。なのに、さんざん篁に邪魔されてきたんだよ。ありあまる頭脳でもって、いつもあの男はろくなことをしないから」

「さて、僕からすると、アナタも同類に見えますが」

思わず皓が言うと、つまらない冗談を聞いたように荊が笑って、

「かもしれないね。何にしろ、ここで時間稼ぎさえできれば、後のことはそのご同類がどうにかするよ。もう考える時間もなさそうだしね――あと一分だ」

つと持ち上がった指先が、オーディオプレイヤーの時刻表示を指さした。眼球の動きだけで皓が振り向く。

その直後に。

——荊が動いた。

衣擦れの音と共に床に屈んで、ブーツの踵に仕こんだ細身のナイフを引き抜くと、刃幅が一センチにも充たないその先端を自らの左目に突き立てる。

ぐ、と両手で押しこむと、刃先が眼球の裏側を突き抜けたのか、がくん、と膝から落ちた荊の体が、テーブルの縁に背中を打ちつけて鈍い音をたてた。

テーブルから、床へと。

仰向けに倒れた体の、その左目には確かにナイフの刃が埋まって、眼球から柄が生えたように見える。断続的に、びくり、びくりと痙攣した体が、やがて静かになった。

——死んだのだ。

長い、長い沈黙の後で。

ようやく拳銃の銃口を下ろして、皓がゆっくりと息を吐いた。

「……殺していいと言っておきながら、アナタは」

と言いかけた皓は、続く言葉を呑みこむと、ただ一度だけ首を振った。蒼ざめた顔で壁にもたれて、深く息を吐く。ひどく疲れたように片手で顔を覆いながら。

そして待った。

十数分後——いや、ひょっとすると数分後かもしれない。ガチャ、とノックもなく部屋のドアが開いて、一人の小柄な女性が姿を見せた。

「初めまして、西條皓さんですね」

低くかすれた、か細い声だった。

奇妙なツヤを帯びた黒髪と不格好な眼鏡に隠されて、その表情はわからない。ただその顔が皓に向けられた瞬間、ヒクリ、と頬が震えたのが見えた気がした。

「大濱英理と言います。直にお会いするのは初めてですよね。あの、それで、約束の三十分が経ったので、お二人の様子を見にきたんですが――」

言いながら室内に足を踏み入れる。そして死体の手前で立ち止まると、笑ったような、歪んだような、奇妙な形に唇の端を吊り上げて、

「これって死体ですか？」

「見ての通りですよ。どうせ監視カメラで一部始終を見物していたんでしょうけれど」

「ですね。まあ、まさか自殺するとは思わなかったですけど」

肩をすくめながらのばされた手が、ナイフの柄をつかもうとした、その時。

「――吾川朋さん」

突然、ぴたっと動きが止まった。

呼ばれたからだ、皓に――まったく別人の、赤の他人であるはずの名で。

「アナタは、吾川朋さんですね。大濱英理さんのフリは、もうやめた方がいいですよ」

皓の声が宣告する。

と、体ごと振り向いて女は笑った。声にも半ば笑いを含んで。

「あー、バレちゃったんですか。けど早すぎというか、いっそキモくないですか?」

口調は一変していた。顔つきや目つきも、皓にとって見覚えのあるものに変わっている——一昨日、雑誌記者を自称して皓たちのもとに押しかけてきた吾川朋に。

そして、あっさり〈大濱英理〉になりすますことをやめたらしい彼女は、邪魔くさそうに足元の死体をまたぐと、よっこらしょっと一人掛けのソファに腰を下ろして、

「なんで見抜かれたんでしょう? 化粧も服装も変えてるのに」

「まずは眼鏡ですね。レンズ越しに見た顔の輪郭に歪みがないのを見ると、度の入っていない伊達眼鏡です。髪の毛も質感からして人工毛——つまりカツラじゃないかと」

何より、と浅く息を吐いて皓は続ける。

「決め手になったのは、アナタの癖ですね。下手な変装で僕の目を欺く必要があって、なおかつ僕の顔を目にした瞬間、苛立ちから唇の端を痙攣させる人物——となると、他に思いつかなかったんですよ」

あは、と吾川が笑った。

妙にニヤついた笑顔のまま、パチパチとおざなりに拍手をして、

「なるほど、さすがですね。正直、アナタの方が死ねばよかったのにって思いますよ。けど、まあ、仕事っていうのは期待と逆のことが起こりがちなものですし」

「おや、こんなものがアナタのお仕事ですか」

「ええ、雑誌記者とは別口の、言ってしまえば闇バイトですね。しかも単発の。具体的

に言えば、人質を盾にして二人のうち一人が死ぬように仕向けて、その後、雇い主がこの家に到着するまでの間、生き残った一人を監視するお仕事です。で、それに成功すると、人生をやり直すのに必要なアレコレを全部くれるんだそうですよ」

　と言うと、パアッと顔を明るくして、

「つまり別人になれるってことです！　戸籍、住民票、免許証、保険証、マイナンバーカード、札束――すべてもらえる約束です！　こうやってアナタと無駄話してるだけで新しい人生が手に入るのなら、反吐が出るほど安いもんですよ！」

　場違いに溌溂とした声で言った。わずかに瞳孔の開いた目が、おかしな風に光っている。どうやら異様な興奮状態にあるらしい。

　が、そもそもの話、不可解なのは――。

「さて、人生をやり直すもなにも、アナタはメゾン犬窪の２０３号室で首無し死体になって殺されたはずでは」

「え、ご存じなんですか？　って言いたいところですけど、遠野さんが現地調査してたなら当然ですか。そうなんです、今メゾン犬窪の２０３号室には、私の首無し死体が転がってるはずなんですね。なのにどうして、ここでこうして生きてるかって言うと」

　そこで言葉を切った吾川が、わざとらしく声を落として、

「実は、あの首無し死体は大濱英理さんなんですよ。半月前、長江俊彦さんの生首と一緒にこの家から姿を消した後、メゾン犬窪の１０３号室に匿われる形で潜伏してたんだ

そうです。で、２０３号室の私と入れかわる形で死んでもらいました」

「……身代わりに殺した、ということですか？」

「いえいえ、そんな人聞きの悪い！　正真正銘の自殺ですよ！　この部屋で死んだ長江さんと同じに、まず青酸カリで自殺して、その後で首を切ったんです。で、大濱英理さんを１０３号室に匿って、その首を切断した人物が、私の雇い主なんですね」

「さて、その雇い主というのは、最上芽生という女性ですか？」

「ええ。小吹陽太と峰羽矢人の家賃を肩代わりしていたのもその人ですよ。ま、べつに口止めされてませんし、どうせ偽名でしょうけどね。他にはなんにも知りませんし」

と肩をすくめた吾川は、どこか不穏に声を弾ませて、

「実は、もともと私は三人目のターゲットとして殺される予定だったんだそうです。けれど一昨日、私がアナタがたの屋敷を訪ねたことで雇い主の気が変わって、今回のお仕事を持ちかけられたんですね。で、即日ＯＫして入れかわりました。大濱さんとは、年齢、体型、血液型、みんな一緒ですし、念のため歯型のわかる頭部を切断してもらって、あとは遺体に灯油をかけて燃やせば、焼け跡から見つかる死体は〈吾川朋〉ってことになると思います。もともと焼死体はＤＮＡ鑑定が難しいって聞きますしね」

早口でまくしたてて楽しげに笑った。ニヤついた口元とは対照的に、皓の反応をうかがうその目は、少しも笑っていない。

――正気なのだ。

と、ふっと皓が息を吐いて口を開くと、

「実はアナタについて少し調べてみました。七年前、アナタが起こした誤報騒ぎも」

ヒク、と吾川の頰が震えた。

「それでわかったのは、アナタはもともと炎上専門の記者だったんですね。政治家やタレント、スポーツ選手の、不倫、失言、不正、疑惑——ありとあらゆるものを非難し、攻撃し、弾劾し、糾弾して社会悪として排除してきたわけです。悪人候補を探し出しては、大衆を扇動してバッシング——というよりは社会的に抹殺してきたんですね。が、最後にはアナタ自身が社会悪として排除されてしまったわけですが」

が、それを聞いた吾川は、せせら笑うような表情のまま鼻で笑うと、

「有名税ってヤツですよ。世の中にもっとわかりやすい悪があればいいのになって思いますけど、なかなか見つからないですよね。だから、それっぽい悪を見つけた時に、さらにわかりやすくシンプルに仕立てるのが私の仕事です。けど、言ってしまえば、ただそれだけですよ。だから、本当に悪いのは私じゃないんです」

尖り声で言った吾川の口から抑揚が消えた。そうして感情の読めない声で、

「私の行動は、需要に応えるための供給です。需要もない記事なんて誰も読まないでしょ。結局は、みんな自分の読みたいものだから読むんですよ。なのに何かあると媒介したメディアのせいにして他人事を決めこむんです。ふざけないでください。結局、私が記事を書かなくなっても、別の誰かが同じような記事を書いてるのに。仕事を干されて、

マンションも失って、社会から排除されて、そうやって私がいなくなっても世の中なんにも変わらなかったのなら、それって本当に悪いのは私なんですか？　私一人だけなんですか？　足りなかったのは私の裏付け取材じゃなくて、お前らみんなの良心だろうが、ひとのせいにするなよ」

一転、声が裏返るほど激昂して、吐き捨てる口ぶりで言い切った。

怨むように、憎むように——呪うように。

数拍の間、皓は目を閉じたようだった。が、大きく息を吸いこむと、やがて開いたその目で吾川の瞳を覗きこみながら、

「——なるほど、アナタは確かに犬神だ」

そう告げた。昏く静かに。

「自分と他人が存在する限り、人の世はおおむね地獄です。事故、老い、病気、死別、失業、不仲、挫折、怪我——厭な他人はどこにでもいるし、避けられない不幸はいくらでもある。そうして生まれた行き場のない憎悪、妬み、嫌悪、劣等感——ふだん水面下に沈んだそれらを顕在化させるのが〈犬神〉です。自分は不幸だ、だからお前も不幸になれ。その欲求を充たすために、共同体としての〈悪人〉を求めるんですね。しょせん薄皮一枚下はみんな獣ですから」

昏夜よりもなお、暗い双眸で。

暗がりの獣に囁きかけるように。

「だから、きっとアナタの言う通り、誰が悪くて誰が正しいという話でもないんでしょう。ただ、これだけは確かに言えます――醜い」

ヒク、と吾川の頬が震えた。どす黒くわき出した何かを表情に溢れさせながら。けれど皓は、その視線をただ真っ向から受けとめて、

「アナタの罪は、他人の不幸を自分の幸せとして、それをその他大勢の誰かのせいにしたことです。この先、他人の皮をかぶって別人になりすましても、アナタがアナタである限り、自分自身に呪われ続けることになります。このままだと地獄に堕ちますよ」

予言めいた皓の言葉に、吾川が返したのはただ一言だった。

「――はあ？」

その直後だった。

ぐいっと片足を引かれる感覚に、吾川はヒッと悲鳴を上げた。

白い、手が。

怖気立つほど冷たく骨ばった手が――屍体になった荊が、吾川の足をつかんでいる。

「――な」

反射的に立ち上がろうとしてバランスを崩し、ずでんと床に尻餅をつく。

その視線の先で、信じられないことが起こっていた。

命のない物体になり果てていたはずのそれが、衣擦れの音をさせて立ち上がったのだ。さながら棺の底からよみがえった屍者のように。

——凜堂荊が。

そして、その手から銃声が鳴った直後、火花の弾け飛ぶような痛みに、吾川は絶叫して右肩を押さえた。

撃たれたのだ。

と、無表情にその姿を見下ろした荊は、口元にはねた血の一滴を親指の腹で拭って、

「習い性だからね、悪事は」

と息を吐いて笑った。

つと持ち上がった手が左目から生えたナイフの柄をつかむ。無造作な手つきで眼窩から眼球ごと引き抜くと、

「左目は義眼なんだよ。軟性シリコン製のね。だから視覚もなければ、痛覚もない。こっちの右目と違ってね」

右手で髪をかき上げてそう言った。

これまで前髪の下に隠されてきた、白濁した右目をさらしながら。

「さて、前からおかしいと思ってたんですよ」

ふっと皓が息を吐いて言った。呆れたように。

「篁さんが貸したのは右目ですから、当然、荊さんが借りたのも右目のはずです。なの

に右目は前髪の下に隠されたまま、左目だけが元の状態に戻っていた——となると、本当に見えているのは、前髪に隠された右目で、実は左目は義眼じゃないかと」

「どちらの目が見えて、どちらの目が見えないか、馬鹿正直に教える必要もないからね。死角を知られると命取りになることもあるから」

「なるほど。となると、いつも妙に目つきがぼんやりしていたのは、それを隠すための演技だったと……なんというか、用心深さもここまでくると、一周回って馬鹿としか」

「君に言われたくないな。よりにもよって監視カメラの真下でモールス信号を打つような考えなしには」

「いえ、一か八かやってみればなんとかなると思いまして。ふふ、気に障ったらすみません、なにせ僕ですので」

何を言ってるんだコイツらは、と心の中で吾川はうめいた。

白と黒——一見、正反対のようでいて、鏡で映したように似通った二人のやりとりを眺めながら。

(モールス信号って一体いつそんな)

直後に疑問が記憶を呼び覚まして、吾川はあっと声を上げた。邑上の手当てをする皓が、トン、トト、と人差し指でリズムを刻むように床を叩いていたのを。

「盗聴器のマイクが拾えるのはせいぜい音声のみでしょうし、監視カメラの解像度もたかが知れてますから、気づかれることもないかなと……荊さんの方は、天井のカメラから死角になるよう、ブーツの踵を鳴らして返事をしてたようですけど」

と言う皓の声を聞きながら、戦慄と共に吾川は理解した。

つまりこの二人は、顔をあわせた直後からモールス信号による密談を交わしていたわけで――その後のやりとりは、監視者である吾川を欺くための芝居だったことになる。

と不意に。

ブッと噴き出した吾川が、アハハハ、と調子外れに笑い始めた。笑いすぎて咳きこむまで、金属をこすりあわせるような甲高い哄笑を上げ続けると、

「バッカじゃないですか！」

嘲りに顔を歪めてそう言い放った。上着のポケットから抜き出したスマホを――雇い主から渡されたリモコン起爆装置を突きつけながら。

「そもそも、どうして自分たちが殺しあうはめになったか忘れたんですか？　人質二人の命を私が握ってるからなんですよ！　たとえ制限時間の三十分を越えても、その前提は変わりません。で、今、爆破しました。爆破してやりましたよ、ご愁傷様！　アナタが私を撃ったせいで、アナタの弟さんは粉々になったわけです！」

が、荊の顔に動揺はない。代わりに応えたのは皓だった。

癇癪を起こして泣きわめく子供にするように、目と目の高さをあわせて屈みこむと、

「ええ、アナタならそうするだろうと思って、先に人質を救出してもらいました」

――え。

愕然と目を見開いた吾川の前で、皓は信玄袋の中から一台のスマホを取り出した。通話中の状態になった画面には、発信者の登録名が表示されている。

——小野篁。

「この部屋の中に入る前から、ずっと通話状態になっていたんです。なので、アナタが防音室の中に入ってドアを閉め、外の音が聞こえなくなった時点で篁さんに乗りこんでもらいました。たぶん爆薬の方も片づけ終わった後じゃないですかね。ちなみに青児さんの方も、とっくにアパートから救出ずみです」

吾川の頬がひきつった——負けを悟って。

頬に脂汗が滲み出る。溺れるように深く息を吸うと、空気を求めて喘ぐ顔で立ち上がった。よろめきながらドアに向かう。

——逃げるために。

が、黒い青年と白い少年は、どちらも動かなかった。逃げる吾川を止めようともしない。ただ声だけが、とん、とその肩を叩くように。

「釣瓶下ろし、という妖怪がいてね」

唐突な声にドアノブをつかもうとしていた吾川の背中が、びくっとはねた。

荒い呼吸のまま、声の主である荊をにらむ。焦燥と苛立ちと——殺意を剝き出しにした獣じみた目で。

が、荊はそんな吾川には一瞥もくれずに瞼を下ろすと、

「釣瓶というのは井戸から水を汲むのに使う桶だけど、夜、大木の下を通りかかると、奇妙な声と共に釣瓶や生首が降ってきて、時には人を引っ張り上げて食べるそうだ」

「……何の話ですか？」

「地獄の話だよ、君のね」

目を閉じたまま荊が笑う。

それを見た吾川は、一瞬の沈黙の後で、

「お前ら二人とも死んじまえ！」

叫んだ声は、遠吠えに似ていた。

直後にドアに体当たりして吾川は廊下に飛び出した。開け放たれたドアから、階段を駆け下りる足音が聞こえる。

つと立ち上がった荊が窓辺に歩み寄った。めくり上げたカーテンの端から外を覗く。

昏い。表に面した窓は、眼下に敷石のアプローチがのびて、出口に当たる門扉の手前に、通せんぼをするようにカヤノキの巨木が枝をのばしている。

夜闇よりも昏い樹木の影は、まるで息をひそめる魔物のようだ。

と、眼下のアプローチに、よろめくように小さな人影が走り出た。吾川だ。

ふとその足が止まる。

体ごと左右に動かして、辺りを激しく見回していた。動揺——というよりも錯乱に近い動きだ。不可視の暗闇に魔物の姿でも探すように。

きっと吾川はこんな声を聞いたのだろう。今まで聞いたこともない臓腑の凍る声で。

——夜業すんだか、釣瓶下ろそか、ぎいぎい。

そして、死に物狂いで声の主を探した吾川の視線が、やがて頭上へと向けられようとした、その時——。

がさがさ、と葉群れを震わせて。

カヤノキの上で蠢くそれに、吾川は頭から吸いこまれた。

釣瓶下ろしだ。

——夜業すんだか、釣瓶下ろそか、ぎいぎい。

断末魔の絶叫は、目の前の窓ではなく、背後のドアから聞こえて。

そして、ほんの一瞬で静かになった。

どこかで犬の吠え声がする。

一度、二度……三度。

そうして犬の鳴き声が止まないうちに、カヤノキの枝から落ちた生首が、ごろん、と敷石の上に転がった。

それで終わりだった——地獄堕としの。

「ドアを閉じておいた方がよかったかな」

カーテンを引きながら呟いた荊の声に、応える声は返らなかった。

叫び声の名残りは、やはり遠吠えに似ていた。

――泣き声だったかもしれない。

＊

一ヶ月後のこと。

東京拘置所に出向いた鳥栖二三彦は、窓口で身分証明書の提示と面会手続きをすませ、現れた係員の先導で接見室に向かった。

最悪、顔見知りに出くわす危険性を考えてマスクと伊達眼鏡で変装している。うっかり水と化してモップ清掃された日には――鳥栖自身としては半笑いするしかないが、現在交際中の乃村さんと、それから青児は泣くかもしれない。

が、結局、顔見知りとすれ違ってヒヤリとするような場面もないまま、透明なアクリル板を一枚はさんで目当ての人物と対面することができた。

――須永了悟。

上下スウェット姿でパイプ椅子に腰かけたその男性は、半白の髪のせいか、煤けたように昏い眼差しのせいか、ひどく生気を欠いているように見えた。確かに息をして瞬きをしているけれど、ただ生きているというだけで、思考と感情を放棄しているような。

「アナタに話したいことがあります。七年前、ある傷害事件を起こした少年の話です」

挨拶も前置きもなしに鳥栖は切り出した。

面会時間は三十分だ。

直立不動で控える刑務官の背後には、拘置所につながるドアがある。もしも須永が面会の継続を拒めば、それよりも早くドアの向こうに消えてしまう可能性もあった。

伝えなければ。せめて声が届くうちに。

「その後の少年審判で、医療少年院に収容する保護処分が決定して――それから先のことを知るのは、少年法の壁に阻まれて難しかったんじゃないかと思います。事件後、少年の祖父母は自宅を売却して県外に移住していますし」

おそらくその情報がネット上で憶測を呼んだのだろう。今なおニュースサイトでは真偽不明の噂があたかも真実であるかのように囁かれている。

「一億を超える損害賠償請求を起こされた祖父母は自宅を売却。医療少年院を出所した少年は、祖父母に引き取りを拒否されて自殺した、と――けれど、それは事実ではないんです。犯行直後は〈自分はどうなってもいい〉と自暴自棄になっていたようですが、出所後には祖父母から独立して、保護司の許で働いています。タクシー運転手として」

須永の目が、不意をつかれたように見開かれた。

が、鳥栖は、表情を変えずにただ見つめ返して、

「保護司をしている知人の伝手で、先日、その少年に会ってきました。ずっとアナタに謝りたかったと言っていました。許されるなら、せめて謝らせて欲しい、と」

それから、と続けた。

その目で見て、その耳で聞いた真実を、ただ伝えるために。

「保護司から聞いた話では、彼は奇妙なお守りを持っているそうです。一見、何の変哲もない白手袋ですが、手の平に刃物でできた裂け目があって、何度もくりかえし手洗いしてボロボロになったそれを肌身離さず持っていると。他人と生きていくために必要なお守りだと話していたそうです――もとはアナタのものだったんじゃないでしょうか」

アクリル板の向こうで、須永が唇を震わせたのがわかった。困惑、驚き、安堵、喜び、苦悩――あらゆる感情が一気に噴き出したかのように。

それを見た鳥栖が、深く息を吸って、

「アナタがすべきだったのは、殺すことじゃなくて、何度でも助けることだったんだと思いますよ。いくらその手を振り払われても、手をのばすことだけはできますから」

ぐう、と須永の喉が苦しげに鳴る。

けれど、やがてその口からこぼれたのは、獣の咆哮ではなく、人の言葉だった。

――生きていてくれた。

生きていてくれたのだ、と。

第三怪　エピローグ

青児が瞼を開けると白い天井が見えた。

頭を起こそうとすると眩暈がしたので、目だけで周りの様子をうかがう。白い壁とリノリウムの床、真っ白なベッド、かすかな消毒薬の匂い。病院のベッドの上だ。

(なんかベタだな)

ぼんやりと視線を上げると、てっきり紅子さんか皓少年がつきそってくれているものと思いきや、なぜか篁さんがいた。しかも無駄に長い脚を組んで、林檎をサクサク剝いていた。まさかの兎だ。

あ、夢だこれ……わりと悪夢では？

「……チェンジで」

と呟くと、ぶ、と噴き出す気配があって、「へ」と瞬きをした青児がガバッと跳ね起きると、長い黒髪を一つに束ねた執事風スタイルの篁さんが、見舞客用の丸椅子に座って咳払いをしていた。

(ま、まさかの現実)

だらだらと冷や汗を流した青児が「いやそのアハハハ」と笑って誤魔化していると、

「お元気そうで安心しました。メゾン犬窪から救出して病院に移送したものの、夜通し半睡状態が続いてましたので」

「え、あ、篁さんが助けてくれたんですか。ありがとうございま……って、そうだ、鳥栖さんは!」

「念のため検査入院を勧めたんですが、先ほどご自分の足で帰宅されました」

意地の張り方が頑固ジジイのそれだが、とりあえず無事なようだ。

「よ、よかった……」

心底ほっとして、空気の抜けたビニール人形よろしくへタッと枕に逆戻りしてしまった。と、目を細めた篁さんが、改まった調子で頭を下げて、

「こちらこそ、ありがとうございます。とっさの機転に助けられました。203号室で結界に巻きこまれる直前、スマホを通話状態にしてくださったと思うのですが——」

「え、あ、はい。なんとなく電話が切れるとマズイ気がしたので、それで」

そう、押し入れの隙間から〈犬神〉がコンニチハしたあの時、青児の通話相手は篁さんだったのだ。なので通話が切れないよう、とっさに床に落としたスマホを足で蹴ってゴミ袋の下にもぐりこませ、直後に意識を失ったのだが——。

「お陰で場所の特定が容易になりまして。アレがなければ神隠しに遭った状態のまま、

永遠に戻ってこられなかった可能性もあるかと……やはり、こちらとしても棘様の救助を優先せざるをえませんし」

「えーと、あの、はい、本当によかったです。ありがとうございました」

遠回しに〈もしも手こずっていたら見捨てて次に行きました〉と朗らかにカミングアウトされた気もしたが、とりあえず気づかないフリをすることにして、

「実は、あの時とっさに篁さんに電話したのは皓さんの指示なんです。本当の本当に危険な状態になったら、まずは篁さんに連絡するようにって」

おや、と篁さんが瞬きをした。意外なことを言われた顔で。

と、数秒ためらった後、よし、と覚悟を決めた青児は、えいやっと上半身を起こして篁さんに向き直ると、

「あの、なので皓さんも、底の方では篁さんを信じたいんじゃないかと。けど、俺が皓さんと同じ立場だったら、赦すのに百年ぐらいかかると思うので、ええと、その……この先も長生きしてもらえませんか？」

頭を下げて頼みこんだ。

すると、さっと口元を押さえた篁さんが、笑いをこらえきれなかったように咳払いをすると、どこか面白がるように目を細めて、

「かしこまりました」

慇懃な一礼を残して、それきり姿を消してしまった。相変わらず退場の仕方が唐突と

いうか、なにかと心臓に悪い御仁だ。

けれど、と思う。

（たとえ百年先だとしても、なにか変えられることがあるとしたら）

そのために自分に何ができるか、まだわからないけれど。

――と。

「内緒話ですか？」

出入り口の引き戸から聞こえた声に、びくん、と青児は飛び上がった。皓少年だ。

いやいやそんな滅相もない、と。

どっと冷や汗を流しつつ、ぶるぶるっと頭を振って否定すると、若干すわった目つきをした皓少年が、ベッド脇の丸椅子までやって来て、ぼふっと青児の頭に手を置いた。

わしゃわしゃ、ぐりぐり、わしわし。

……うむ、もうどうにでもしてくれ。

「ああ、そうだ。紅子さんは先に屋敷に戻ったんですが、差し入れを預かりまして」

と言うと、キャビネットの上に置かれた林檎の皿をさりげなく隅に押しやりつつ、円筒形をした袱紗の包みを置いた。

現れたのは魔法瓶だ。コポコポ、とコップの蓋に注いで「どうぞ」と皓少年の差し出したそれを受け取ると、ほわりと湯気の立つミルクティーだった。

「あの、ありがとうございます」

受け取った指先が、じんわりと痺れるように熱かった。ずずっと一口、二口すると、砂糖とミルクの甘さが喉に沁みる。

(なんか、ほんとあったまるな)

ほぼ丸一日、緊張しっ放しだった体から力が抜けていくのがわかる。じんわりと目の奥が痛くなって、ズズッと洟をすすり上げてこらえた。

――帰ってこられたのだ。

なんとかまだ生きている、としか言えないようなさんざんな一日ではあったけれど。

と、ようやく一息ついて、改めて顔を見合わせた皓少年と二人、それぞれに起こったアレコレを共有した結果――なんと皓少年も九死に一生的な状況だったことが判明した。下手をすると九十九死に一生レベルだ。

加えて青児が驚かされたのは――。

「え、ちょ、ちょっと待ってください。じゃあ203号室で死んでたのは、吾川さんじゃなくて――」

「大濱英理さんですね。同居人の長江俊彦さんと協力して、小吹陽太さん、峰羽矢人さんの二人を監禁していた人物です」

半月前、長江俊彦さんが青酸カリによって服毒自殺した。

タイミングから考えると、復讐対象である峰羽矢人さんが不破刑事の殺害を自供した末に自殺して、警察にもマスコミにも世間にも、その自供が事実として受け入れられるのを見届けてから命を絶ったように思える。

そして共犯者であり、同居人でもあった大濱英理さんは、自殺した長江さんの首を切断し、なぜか警察に一一〇番通報した上で行方知れずとなったわけだが——。

「その謎を餌にして棘さんが罠にはめられたわけなんですが、実はその後、地下室に残された長江俊彦さんのスマホから、大濱英理さんに宛てた遺書が見つかりました。正確にはボイスメッセージですね」

それによると長江俊彦さんは、地下室で二人の人間を監禁した罪が今後警察に露見した時のことを考えて、もう一通、警察に宛てた遺書を大濱英理さんに託して自殺したようなのだ。すべての罪を自分一人でかぶるために。

それも大濱英理さんのために、第二の人生を歩み出すために必要なもの——別人として生活するための身分証明書や、まとまった現金を用意して。

新しい人生を生き直して欲しい、とそう伝えるために。

「……なんでそんな」

とっさに青児が感じたのは、なぜ、という疑問だった。

大濱英理という女性は、長江俊彦さんにとって、一人娘の命を奪った〈加害者の姉〉で、その前提が覆らない限り、何らかの愛情が芽生えるような関係には思えないのに。

「ボイスメッセージを聞いた印象だと、大濱英理さんを亡くなった娘さんと重ねていたようです。娘の三千華さんは、大濱英理さんと同じ小学校の教員で、結婚を翌年に控えていたそうで。殺人によって未来を奪われた三千華さんの姿を、加害者の姉として仕事と結婚の道を絶たれた大濱英理さんに投影したのではないかと」

　ああ、そうか、とやりきれない気持ちで青児は頷いた。

　大濱英理さんに宛てた〈生きて欲しい〉というメッセージは、〈生きていて欲しかった〉という娘の三千華さんに向けた想いだったのかもしれない。

　けれど。

「大濱英理さんのとった選択は〈長江俊彦さんの後を追って自殺する〉ことでした。結果、彼女のために用意された身分証などが不要になって、それを餌に吾川さんが犯行に加担することになったようですが」

　なぜ大濱英理さんは死ななければならなかったのか。安直に考えるなら、二人の人間を監禁して死に追いやった罪の重さに耐えきれなかったのだろうか。

　ひょっとすると、すべてに疲れたのか——ただ、哀しかったのかもしれない。

（なんか……もう頭の中がいっぱいいっぱいというか）

　目を閉じて情報を整理する。

　一人目の犠牲者は小吹陽太。過去に暴行・恐喝によるいじめ事件を起こして私立学校を退学になったものの、被害者の少年を逆恨みして、大手写真週刊誌の記者だった吾川朋に捏造したネタを売りこみ、それが記事化されたことで傷害事件が発生。犯人はいじめ事件の被害者で、その少年の苦悩を間近で目にした須永了悟は、小吹陽太に対して激しい処罰感情を抱くようになる。

二人目の犠牲者は峰羽矢人。七年前、元交際相手の女性が通り魔事件を引き起こし、直後に自殺。その原因が峰羽矢人によるＤＶと堕胎の強要にあったことを知った大濱英理と長江俊彦は、加害者・被害者の遺族として峰羽矢人に復讐心を抱くようになる。

この二つの悲劇が結びついた結果起こったのが、メゾン犬窪で起きた二つの失踪事件と、二つのバラバラ殺人事件だったのだ。

「言わば復讐の〈共助〉ですね。まず須永了悟さんがメゾン犬窪の２０１号室にターゲットの二人を誘いこみ、夜逃げに見せかけて連れ去ります。その先には長江俊彦さんがいて――後に大濱英理さんを加えた二人で、須永了悟さんから託された二人を地下室で監禁したわけです。つまり〈連れ去り〉と〈監禁〉と、それぞれ役割を分担していたことになります」

そして不破刑事の殺害においても、歪な共犯関係は成立しているのだ。犯人は、所轄署の捜査員である邑上文則巡査で、仕事上の感情のもつれから不破刑事を殺害し、その隠蔽に加担したのが長江俊彦と大濱英理の二人だったらしい。

「そして、彼らを引きあわせ、繫ぎあわせた存在こそが、青児さんの目にした〈犬神〉だったと考えられます。一連の事件の仕上げとして、小吹陽太さんと峰羽矢人さんの二人に罪を自供させ、バラバラ殺人事件の犯人として自殺させたのも」

ぞわり、と背筋に寒いものが走るのを感じた。皓少年の推測通り、それこそが〈最上芽生〉を名乗る女性だったのだとすれば――。

「犬神――というのは言いえて妙ですね」

と膝の上で指を組んで皓少年が呟いた。いつになく抑揚のない――あえて感情を押し殺したとわかる声で。

「須永了悟さん、長江俊彦さん、大濱英理さん、邑上文則さん――四人の犯人たちは、自分こそが主犯だと思っていたんじゃないでしょうか。確かに事件の発端となったのは、彼らの怨みであり、怒りであり、哀しみであり、妬みです。それを考えれば、最上芽生という人物のしたことは、彼らの負の願望に従って意のままに動く操り人形のような役割だったと言えます。が、事件の操り手は間違いなく彼女ですね」

そう、最上芽生のしたことは、あくまで彼らの潜在的な負の願望――怨み、妬みに従って他者を害することであり、それはまるで〈犬神〉とその飼い主である〈憑物筋〉の人々の関係そのものに見える。

――が。

青児の目に映った彼女の姿は〈白児〉を従える〈犬神〉だったのだ。

「彼らを思い通りに動かすことで、最上芽生もまたその目的を達成しているんですね。まずは小吹陽太さんに自分の身代わりを殺させることで閻魔庁の監視から逃れ、続いて不破刑事の死によって僕たちが動く下地をつくり、長江俊彦さんの自殺と大濱英理さんの失踪によって棘さんを誘き出す謎を生み出しました。そしてメゾン犬窪では須永さんを、長江さんの家では吾川さんをそれぞれけしかけることで、青児さん、棘さんの二人を人質にとったわけです……まあ、最後には四人揃って生還したわけですけど」

すっと背筋に冷たいものが落ちるのを感じた。

（えーと、皓さんの推測だと、その最上芽生っていう女性は、魔王・山本五郎左衛門と悪神・神野悪五郎の血族ってことで）

控えめに言って厭な予感しかしない。しかも最上芽生という名が偽名だとすれば、一体どこの誰なのか、それすらわからない状態なのだ。

不安の塊をどう呑みこむべきか、青児がぐるぐる頭を空回りさせていると、

「というわけで、これからよろしくお願いします」

と膝の上で両手を揃えて、皓少年が青児にぺこりと頭を下げた。

……はて、一体何をよろしくされたのだろう。

「いえ、兄の緋花のことがあった時、自分一人で抱えこんで青児さんに心配かけてしまったので。もう隠し事をしたくないし、する必要もないだろうな、と」

「――え」

まさか気づいてたのか、と思う。

長崎の孤島で起きた事件で青児にできたことと言えば、元気をなくした飼い主の周りをウロつく犬のように無駄にオロオロするだけで、無駄なあがきに過ぎなかったアレコレを覚えていてくれただけで、もう十分すぎる気がするけれど。

「なので今度は自分の意志でお願いしようと思います。これから厄介事が起こるかもしれませんが、僕のことですので青児さんも巻きこまれてください」

ふわり、と手を差し出すように言われて、鼻の奥がツンと痛くなってしまった。見えない手で胸を押されたように息がつまって、小さく深呼吸する。

数拍置いて、しっかりと頷いた。差しのべられた手を取るように。

──目の前の少年の、ただ一人の助手として。

「はい、もちろん。こちらこそよろしくお願いします」

と、その直後だった。

「え？」

突然、聞き慣れないコール音が鳴った。

音の出所はハンガーに吊るされた青児のダウンジャケットだ。ポケットの中を探ると、見覚えのない黒色のスマホが現れる。画面に表示された登録名を目にした瞬間、思考が固まるのがわかった。

呼吸も、瞬きも、心臓も、すべて凍りつく。皓少年もまた、息をすることさえ忘れた様子で食い入るように見つめている。

今この電話をかけている彼女が、どうして〈最上芽生〉という偽名を名乗っていたか、一瞬でわかってしまったからだ。

（と、とりあえず電話に出ないと）

息を吐いて、手をのばす。が、一瞬早くスマホをつかんだ皓少年が、受信ボタンをタップして耳に押し当てた。

〈——こんばんは〉

ぞっと腕に鳥肌が立った。感情よりも先に体が恐怖しているのがわかる。

咲きこぼれる花のような、匂い立つほどに甘い声。優しく、柔らかな温もりを帯びたそれは、だが一方で蝕の闇のように冷え冷えと聴覚を震わせた。

——不香の花だ。

「さて、アナタは誰なんですか？」

訊ねかけた皓少年に対して、声だけで仄かに微笑みながら。

静かに、深く、吐息をもらして。

そして名乗った。

——西條溟です、と。

地獄くらやみ花もなき　漆

闇夜に吠える犬

路生よる

令和4年　3月25日　初版発行
令和5年　7月10日　再版発行

発行者●山下直久

発行●株式会社KADOKAWA
〒102-8177　東京都千代田区富士見2-13-3
電話　0570-002-301(ナビダイヤル)

角川文庫 23097

印刷所●株式会社KADOKAWA
製本所●株式会社KADOKAWA

表紙画●和田三造

●お問い合わせ
https://www.kadokawa.co.jp/（「お問い合わせ」へお進みください）
※内容によっては、お答えできない場合があります。
※サポートは日本国内のみとさせていただきます。
※Japanese text only

ISBN 978-4-04-112166-5　C0193

◆◇◇

角川文庫発刊に際して

角川源義

第二次世界大戦の敗北は、軍事力の敗北であった以上に、私たちの若い文化力の敗退であった。私たちの文化が戦争に対して如何に無力であり、単なるあだ花に過ぎなかったかを、私たちは身を以て体験し痛感した。西洋近代文化の摂取にとって、明治以後八十年の歳月は決して短かすぎたとは言えない。にもかかわらず、近代文化の伝統を確立し、自由な批判と柔軟な良識に富む文化層として自らを形成することに私たちは失敗して来た。そしてこれは、各層への文化の普及滲透を任務とする出版人の責任でもあった。

一九四五年以来、私たちは再び振出しに戻り、第一歩から踏み出すことを余儀なくされた。これは大きな不幸ではあるが、反面、これまでの混沌・未熟・歪曲の中にあった我が国の文化に秩序と確たる基礎を齎らすためには絶好の機会でもある。角川書店は、このような祖国の文化的危機にあたり、微力をも顧みず再建の礎石たるべき抱負と決意とをもって出発したが、ここに創立以来の念願を果すべく角川文庫を発刊する。これまで刊行されたあらゆる全集叢書文庫類の長所と短所とを検討し、古今東西の不朽の典籍を、良心的編集のもとに、廉価に、そして書架にふさわしい美本として、多くのひとびとに提供しようとする。しかし私たちは徒らに百科全書的な知識のジレッタントを作ることを目的とせず、あくまで祖国の文化に秩序と再建への道を示し、この文庫を角川書店の栄ある事業として、今後永久に継続発展せしめ、学芸と教養との殿堂として大成せんことを期したい。多くの読書子の愛情ある忠言と支持とによって、この希望と抱負とを完遂せしめられんことを願う。

一九四九年五月三日